Rudi Kost
Die Nadel im Heuhaufen

PIPER

Zu diesem Buch

Im kleinen Dorf Hohenberg in der Nähe von Schwäbisch Hall wird Bauer Fritz Huber tot in seiner Scheune gefunden. Auf den ersten Blick ein Unfall, doch Versicherungsvertreter Dieter Dillinger, von Natur aus und von Berufs wegen neugierig, will das nicht glauben. Denn ausgerechnet am Tag seines Todes wollte der Bauer seine Lebensversicherung auf jemand anders umschreiben lassen. Warum und auf wen? Schon bald merkt Dillinger bei seinen Nachforschungen, dass es im Hause Huber nicht sehr harmonisch zuging. Welche Rolle spielt die junge Frau, die sich als Hubers Geliebte entpuppt? Und was hat es mit dem smarten Bauunternehmer Deyhle auf sich, der im großen Stil Ackerland aufgekauft hat? Dass Dillinger in ein Wespennest gestochen hat, merkt er spätestens, als ihm nachts zwei Halbstarke auflauern. Doch er lässt sich nicht ins Bockshorn jagen … Ein hintergründiger Krimi um Dorf- und Familienintrigen in Hohenlohe, um große Träume und unerfüllte Sehnsüchte – und mit einem ganz und gar nicht alltäglichen Ermittler.

Rudi Kost, geboren 1949 in Stuttgart, war lange Jahre Redakteur bei Tageszeitungen und arbeitet seitdem freiberuflich als Herausgeber, Autor und Verleger. Er lebt mit seiner Familie in dem kleinen Dorf Unterfischach bei Schwäbisch Hall. Nach »Die Nadel im Heuhaufen« ist »Siedend heiß« der zweite Krimi um den Versicherungsvertreter Dieter Dillinger. Weiteres zum Autor: www.rudi-kost.de

Rudi Kost

Die Nadel im Heuhaufen

Ein Hohenlohe-Krimi

Piper München Zürich

Mehr über unsere Autoren und Bücher:
www.piper.de

Von Rudi Kost liegen im Piper Taschenbuch vor:
Die Nadel im Heuhaufen
Siedend heiß

Mix
Produktgruppe aus vorbildlich bewirtschafteten
Wäldern und anderen kontrollierten Herkünften
www.fsc.org Zert.-Nr. GFA-COC-001223

Originalausgabe
1. Auflage November 2007
3. Auflage September 2009

Umschlag: semper smile, München
Umschlagfoto: KuS / plainpicture
Autorenfoto: Margit Kern
Satz: Filmsatz Schröter, München
Papier: Munken Print von Arctic Paper Munkedals AB, Schweden
Druck und Bindung: CPI – Clausen & Bosse, Leck
Printed in Germany ISBN 978-3-492-25040-5

Hohenberg

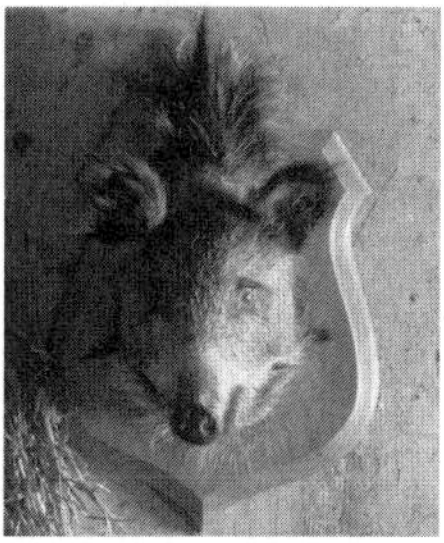

und all die anderen erwähnten Orte gibt es – aber natürlich ist niemals etwas Derartiges vorgefallen. Die Geschehnisse und die Personen sind frei erfunden. Die meisten wenigstens.

Dienstag

Der Polizist schaute nach oben und seufzte. Ich tat ihm den Gefallen, schaute ebenfalls nach oben und seufzte mit.

»Wie kann man nur so unvorsichtig sein!«, sagte er.

In den tragischen Momenten des Lebens treibt uns die Sprachlosigkeit unweigerlich zu Banalitäten. Man musste ihm das nachsehen.

Wir blickten hinauf in eine dunkle, viereckige Luke im Holzboden. Dort oben lagerten Heu und Stroh. Gemeinsam schauten wir wieder nach unten.

Fritz Huber lag seltsam verrenkt auf dem Betonboden der Scheune. Eigentlich interessant. Tote liegen immer seltsam verrenkt da, niemals normal verrenkt oder einfach nur so verrenkt.

Wenigstens bestand kein Zweifel, dass der Bauer tot war. Seine Augen waren starr in die Ferne gerichtet. Unter seinem Hinterkopf hatte sich eine Blutlache gebildet. Er trug einen blauen Arbeitsanzug, auf dem ein wenig Heu verstreut war.

Der Polizist war noch jung und etwas blass um die Nase. Er hatte wohl noch nicht viele Tote gesehen.

Ich auch nicht, um ehrlich zu sein. Aber ich war tapfer und ließ mir nichts anmerken.

»Das weiß doch jedes Kind, wie leicht man da abstürzen kann«, sagte er. Noch so eine tiefschürfende Bemerkung.

»Gestürzt. Geschubst. Gesprungen. Wer weiß das schon«, erwiderte ich.

Der Polizeibeamte sah mich etwas argwöhnisch an. Ich trug mein Lässig-aber-elegant-Outfit: beige Jeans von Boss, einen sandfarbenen Cashmere-Rolli, eine hellbraune Lederjacke von Versace. Er trug seine Uniform.

Wir standen im Hof des Anwesens. Vor den Fenstern des Bauernhauses mit seinem schönen Fachwerk verwelkten die letzten Geranien in der milden Herbstsonne.

Mittlerweile hatte sich das halbe Dorf versammelt. Nur die Huber-Bäuerin und der Sohn fehlten. Sie waren weggefahren, so gegen neun Uhr, erfuhr ich von einer Nachbarin. In solchen Dörfern bleibt wenig unbemerkt.

Ich mischte mich unters Volk. Man erzählte sich die Geschichten, die jeder kannte: wie der Sohn vom Reber beim Dachdecken abgestürzt war und sich fast das Kreuz gebrochen hatte, wie dem Hummels-Bauer die Kettensäge ins Bein gefahren war, der Röger vom Baum erschlagen wurde, der Otter die Hand in die Häckselmaschine brachte ... Ein Bauernhof ist ein gefährlicher Arbeitsplatz.

Doch unter die Betroffenheit mischten sich auch andere Stimmen. Fritz Huber war offenbar nicht sonderlich beliebt gewesen im Dorf, und sein Tod stimmte die Nachbarn nicht gerade milder.

Als Kommissar Keller auf den Hof fuhr, hätte ich mich am liebsten verdrückt. Aber ich wusste, dass das keinen Sinn hatte, und arbeitete mich langsam vor.

»Und wer hat ihn entdeckt?«, fragte Keller gerade den jungen Polizisten.

Der sah sich suchend um und wies auf mich: »Der da!«

Keller entdeckte mich und seufzte. »Ich hätte es mir denken können.«

Ich grinste ihn an. »Jeder hat halt so seine Hobbys, Sheriff. Und ich bin in diesem County eben für die Entdeckung der Leichen zuständig.«

Keller zog seine linke Augenbraue in die Höhe. Das hatte er sich von Roger Moore abgeschaut und bestimmt wochenlang vor dem Spiegel geübt. Ich kannte mich da aus. Ich hatte auch mal geübt, aber nach zwei Tagen aufgegeben. »Wie kommt's, dass ausgerechnet Sie ihn gefunden haben?«

»Ich hatte einen Termin mit ihm.«

»Und warum?«

»Er wollte seine Lebensversicherung ändern. Jemand anders sollte begünstigt werden.«

»Wer sollte das werden?«

»Hat er nicht gesagt.«

»Warum haben Sie nicht gefragt?«

»Ich bin doch nicht neugierig.«

»Und wer war es bisher?«

»Wie üblich. Seine Frau.«

»Warum, um alles in der Welt, wollte er das ändern?«

»Weil ihm die Frau davonlaufen wollte? Weil er seine Frau satthatte? Keine Ahnung. Er hat's mir nicht verraten. Ich hätte es schon noch erfahren.«

Nun wurde Keller doch etwas nachdenklich.

»Und ausgerechnet bevor Sie kommen, stürzt er vom Heuboden und bricht sich das Genick. So ein Zufall!«

»Ich glaube nicht an Zufälle«, sagte ich.

Vor allem nicht, wenn es meine Versicherung eine hübsche Stange Geld kostet. Hunderfünfzigtausend Euro, das Doppelte bei einem Unfalltod, sind kein Pappenstiel.

Mittlerweile hatte der Arzt seine Untersuchungen abgeschlossen. Es war der Dorfarzt, den irgendwer aus dem Nachbarort geholt hatte, um das Offensichtliche festzustellen. Er fühlte sich sichtlich unwohl.

»Todeszeitpunkt zwischen acht und zehn Uhr«, sagte er.

»So genau legen Sie sich fest?«, fragte Keller verblüfft.

»Ist ja noch nicht lange her. Man sieht's an der Blutgerinnung.«

»Todesursache?«

»Er hat sich eindeutig das Genick gebrochen. Aber ob das die Todesursache war …«

»Anzeichen von Fremdeinwirkung?«

»Hören Sie, ich bin kein Pathologe. Dass er eine stark blutende Wunde am Hinterkopf hat, sehen Sie selbst. Ob er sich beim Sturz irgendwo angeschlagen hat oder ob es was anderes war, muss die Obduktion klären.«

»Kannten Sie ihn?«

»Er war mein Patient.«

»Hatte er irgendwelche Beschwerden?«

Der Arzt schaute Keller an und brachte das Kunststück fertig, würdevoll und beleidigt zugleich auszusehen.

»Haben Sie schon mal etwas von der ärztlichen Schweigepflicht gehört?«

Wenn ihm etwas gegen den Strich ging, konnte Keller ziemlich ruppig werden. »Die geht mir am Arsch vorbei. Ich habe hier einen nicht natürlichen Todesfall, und ich will wissen, was die Ursachen sind und was ich ausschließen kann. Und ich will es sofort wissen. Also?«

Der Arzt kämpfte mit sich und seiner Würde. Wir Umstehenden verfolgten das Duell interessiert. Ich war amüsiert. Ich kannte den Kommissar und wusste, wer gewinnen würde.

Keller schaute den Arzt grimmig an, wie eine Bulldogge vor dem Zuschnappen. Schließlich gab der Arzt seine Würde auf und war nur noch beleidigt.

»Fritz Huber war kerngesund«, meinte er patzig.

Man sah Keller an, was er dachte. Und dass er es am liebsten laut gesagt hätte.

»Schwindelanfälle oder so was?«, fragte er stattdessen.

»Nicht dass ich wüsste.«

»Verbindlichsten Dank, Herr Doktor«, erwiderte Keller mit ätzender Liebenswürdigkeit und scheuchte den Arzt mit einer Handbewegung weg.

Dann starrte er auf den toten Fritz Huber hinab, zog

einen Zigarillo aus der Tasche und begann, darauf herumzukauen. Seit ich ihn kannte, war er dabei, sich das Rauchen abzugewöhnen. Den Zigarillo malträtierte er immer, wenn er wütend war oder nachdenken musste.

Und jetzt musste er entscheiden, ob er den ganzen Apparat in Bewegung setzen sollte.

Er starrte mich an.

Ich starrte zurück.

Er kaute heftig.

Ich nickte ihm zu.

»Manchmal irre ich mich auch«, sagte ich.

Keller schaute mich böse an.

»Übrigens hat er mir geflüstert, dass er auch sein Testament ändern wollte«, sagte ich leise zu ihm. Das musste ja nicht jeder hören.

Keller seufzte. »Also gut, das volle Programm.«

Nun würde sich also die Gerichtsmedizin mit der Leiche befassen. Die Spurensicherung würde anrollen und jeden Zentimeter unter die Lupe nehmen – eine mühselige Arbeit in einer Scheune, die staubig und dreckig und voller Spinnweben ist. Hier etwas Brauchbares zu finden, glich wahrhaft der Suche nach der Nadel im Heuhaufen.

»Wo bleibt eigentlich Ihr Gartenzwerg?«, fragte ich.

Da kam er auch schon angewatschelt, der kleine, dicke Berger, Kellers Assistent. Als er mich sah, stöhnte er auf.

»Was macht der denn hier, Chef?«, fragte er.

»Auch wenn Sie's nicht gern hören, Berger«, meinte ich. »Ich habe die Leiche entdeckt.«

»Aha«, sagte er nur.

Ich nickte Keller zu. »Morgen auf dem Revier fürs Protokoll?«

»Sie können den doch jetzt nicht laufen lassen, Chef!«, protestierte Berger.

»Der läuft von selber«, sagte ich. »Nicht wahr, Chef?«

Keller knurrte. Er hasste es, Chef genannt zu werden.

Und außerdem sah er viel Arbeit auf sich zukommen. Seinem Blick nach gab er mir die Schuld. Ich hatte ihm den Tag gründlich verdorben.

Es gab für mich im Augenblick auf dem Bauernhof der Hubers nichts mehr zu tun. Ich tratschte noch ein wenig mit den Dorfbewohnern, ohne etwas Wesentliches zu erfahren, dann trollte ich mich und setzte die Tour fort, die ich mir für diesen Tag vorgenommen hatte. Es stand ohnehin nur Kundenpflege auf dem Programm.

Normalerweise sind das für mich als Versicherungsvertreter erholsame und auch ergiebige Tage. Wir plaudern über dies und jenes, und die Bauern stecken mir zum Abschied eine Wurstbüchse zu oder was Frisches aus der Hausschlachtung.

Doch heute war ich nicht recht bei der Sache, und den Besuch bei der Witwe Huber an diesem späten Dienstagnachmittag hätte ich gerne vermieden. Ich hasse Kondolenzbesuche. Ich fühle mich immer so hilflos dabei.

Bei den Hubers kam ich jedoch nicht in die Verlegenheit, mir irgendwelche hohle Phrasen abstottern zu müssen.

Ich hatte verweinte Augen und nasse Taschentücher erwartet. Anita Huber und ihr Sohn Gerd jedoch benahmen sich nicht im Mindesten, wie man es von trauernden Hinterbliebenen erwartet hätte. Sie gaben ein Bild stoischer Gelassenheit. Und kamen gleich zur Sache.

»Wann kriegen wir das Geld?«, fragte Anita Huber.

»So schnell geht es leider nicht. In solchen Fällen müssen die Untersuchungen abgewartet werden.«

»Welche Untersuchungen?«

»Erst muss die genaue Todesursache geklärt werden, dann erst kann der Totenschein ausgestellt werden. Und den Totenschein brauchen wir, damit die Versicherung ausbezahlt werden kann.«

Ich hasse es, im Angesicht des Todes über diesen nüchternen Formalienkram zu reden.

Aber bei Anita Huber musste ich mir keine Gedanken machen. Die Frau sah mich nur prüfend an.

»Die Sache ist doch klar, oder? Der Fritz war halt unvorsichtig«, sagte sie.

»Eben das muss untersucht werden«, erwiderte ich.

Ich konnte sie nicht einordnen. Sie musste früher mal hübsch gewesen sein, jetzt wirkte sie verhärmt. Bei meinen Besuchen hier im Hause war ich ihr selten begegnet. Alles Geschäftliche hatte der Huber-Bauer alleine geregelt, ganz, wie es die alte Rollenstruktur wollte. Die Gemahlin durfte nicht mal stumm dabeisitzen.

Ich startete einen Versuchsballon.

»Ihr Mann hatte mich für heute herbestellt. Wissen Sie, warum?«

»Nein.«

»Aber Sie wussten, dass ich kommen würde?«

»Nein.«

»Ihr Mann sagte was von der Lebensversicherung.«

Sie zuckte mit den Schultern. Nicht gerade mitteilsam, die trauernde Witwe. Übertroffen nur von ihrem Sohn. Der machte den Mund nämlich überhaupt nicht auf. Saß nur da und starrte mich an. Apathisch. Auf eigenartige Weise entrückt. Ich konnte mir keinen Reim darauf machen.

Ich fuhr zurück nach Schwäbisch Hall. Fritz Huber ging mir nicht aus dem Kopf. Sollte das wirklich nur ein tragischer Unfall gewesen sein? Ich fragte mich, ob es auch nichttragische Unfälle gab.

Huber hatte eine hohe Lebensversicherung. Ungewöhnlich hoch für einen Bauern. Er wollte sie umschreiben lassen. Auch ungewöhnlich. Und kurz zuvor war er tödlich verunglückt. Noch ungewöhnlicher.

Ich war neugierig geworden. Und ein wenig misstrauisch. Ich beschloss, vorerst einmal nicht zu glauben, dass er einfach so vom Heuboden gestürzt war. Bis zum Beweis des Gegenteils.

Zur Entspannung joggte ich noch ein paar Runden durch den Park. Es half nicht viel. Huber joggte mit. Ich wollte es immer noch nicht glauben.

Kochen bringt mich immer auf andere Gedanken. Ich schaute im Kühlschrank nach. Nichts davon machte mich an. Gehen wir also essen, Herr Huber.

In der Innenstadt gibt es ungefähr sieben Restaurants, bei denen man sich nicht den Magen verrenkt. Schon von Berufs wegen sollte ich mich überall hin und wieder blicken lassen. Aber jeder hat so seine Vorlieben. Also ging ich auf einen Teller hausgemachte Kutteln in die »Sonne«.

Ich war ein schweigsamer Gast an diesem Abend. Warum wollte Huber die Versicherung umschreiben? Und auf wen? Hatte das etwas mit seinem Tod zu tun? Oder war doch alles nur Zufall?

Ich würde keine Ruhe haben, bis ich die Antworten wusste. Und ich würde auch keine Ruhe geben, bis ich sie hatte.

Nach dem Essen brauchte ich noch einen Absacker. Ich sah mich in den Kneipen um, fand jedoch niemanden, dessen Gesellschaft mir nach so einem Tag genehm gewesen wäre. Ich war wählerisch heute. Im »Populaire« traf ich schließlich Robert, und wir hatten fast alle Probleme der Menschheit gelöst, als man uns hinauswarf. Das ist die Tragik des Lebens. Es fehlt immer das letzte Bier zur endgültigen Lösung.

Ich machte mich auf den Heimweg. Die alte Stadt lag still und friedlich da. Es war eine klare, kalte Herbstnacht. Auf der Henkersbrücke schaute ich in die braunen Fluten des Kochers. Da jetzt hinunterfallen! Aber es war nur Wasser, kein Betonboden. Ich würde es überleben.

Außer mir war niemand in der Neuen Straße unterwegs. Für eine Stadt, die je nach Bedarf ihre erste Erwähnung auf das Jahr 1037, 1156 oder 1204 zurückführt, war die Straße tatsächlich noch neu.

Beim großen Stadtbrand von 1728 war ein Großteil der Altstadt abgefackelt. Wo das Feuer haltgemacht hatte, kann man heute noch sehen. Geblieben waren die mittelalterlichen Fachwerkbauten, den Rest hatte man barock neu erbaut.

Damals war auch die Neue Straße angelegt worden, als Brandschneise und als gerader, schneller Weg zum Löschwasser des Kochers.

Die Horde Jugendlicher, die sich vor der Disco am Hafenmarkt auf einen multikulturellen Dialog vorbereitete, hatte davon garantiert keine Ahnung. Die hatten andere Sorgen. Gleich würde die Schlägerei losgehen. Russen gegen Türken.

Das war nichts Ungewöhnliches hier. Ich machte, dass ich weiterkam.

Mittwoch

Hauptkommissar Keller saß an seinem Schreibtisch in der Gräterstraße und bemühte sich erfolgreich, einen miesepetrigen Eindruck zu machen. Es musste ihn ziemlich viel Mühe kosten, das Klischee vom Kommissar zu kultivieren: schlecht gekleidet, schlecht rasiert, schlecht gelaunt. Jeder hat halt so seine Ticks.

Keller war Mitte fünfzig, hager, mit scharf geschnittenen Gesichtszügen. Auf seine Art ein attraktiver Mann. Neuerdings trug er sein dichtes, graues Haar ganz kurz. Wenn er wollte, konnte er durchaus charmant sein. Meistens wollte er nicht. Heute schon gar nicht.

»Sie schon wieder«, brummte er.

Mein Verhältnis zu Keller war nicht eindeutig. Wir waren uns berufsbedingt bei ein paar Fällen über den Weg gelaufen und hatten uns halbwegs vertragen. Ich hatte sogar den leisen Verdacht, dass er mich ganz gut leiden konnte.

»Ich habe Sie doch nicht etwa aus Ihrem Beamtenschlaf geweckt?«, fragte ich so munter, wie es mir um diese Zeit möglich war.

»Sie haben mir einen schönen Mist eingebrockt«, knurrte Keller und linste über den Rand seiner Lesebrille zu mir.

Er schaute noch zerknautschter aus als sonst und kaute schon am frühen Morgen auf einem Zigarillo herum. Kein gutes Zeichen.

»Eine glasklare Geschichte. Aber ich muss meine Zeit verschwenden mit Vernehmungen und Protokollen«, schimpfte er. »Und warum?«

»Weil ich Sie irritiert habe?«, schlug ich vor.

»Weil Sie eine gottverdammte Eingebung hatten!«

»Na, dann will ich euch doch gerne an meinen göttlichen Eingebungen teilhaben lassen«, grinste ich.

Keller nahm mein Gequassel nicht ernst, aber sein Assistent sprang natürlich prompt an. Bergers Haltung zu mir war wenigstens klar. Er mochte mich ganz entschieden nicht. Das beruhte freilich auf Gegenseitigkeit.

»Dillinger, Ihre Meinung interessiert hier überhaupt nicht!«, herrschte er mich an.

So, so. Ein bloßes »Dillinger«, ohne ein »Herr« davor, wie das unter gebildeten und gesitteten Menschen üblich ist. Gut, Keller sprach mich auch so an. Aber Berger war nicht Keller.

»Ein Kerl muss eine Meinung haben, Bergerchen«, sagte ich ganz freundlich. »Haben Sie auch eine Meinung?«

»Von Ihnen schon!«, giftete er. »Sie sind nichts weiter als ein Klugscheißer.«

Hm. Darüber könnte man diskutieren. Aber nicht jetzt. Und nicht mit Berger.

Der Kerl war nur neidisch. Er war etwa so alt wie ich, sah aber lange nicht so gut aus. Klein und dick war er, mit strähnigen Haaren, seine Brille rutschte ihm ständig auf die Nase und das Hemd aus der Hose. Sie gaben ein göttliches Bild ab, die zwei, wenn sie gemeinsam durch die Stadt trotteten.

»Und überhaupt, Chef«, sagte Berger zu Keller, »weiß ich nicht, was der Dillinger hier zu suchen hat.«

»Schon vergessen, Herr Berger«, sagte ich, wobei ich das »Herr« betonte, »dass der Dillinger so was wie ein Zeuge ist? Ich habe den Toten schließlich gefunden. Ich muss doch das Protokoll unterschreiben, das Sie sicher schon fertig haben. Aber bitte ohne Tippfehler diesmal.«

Berger starrte mich wütend an. Er war ja so leicht auf die Palme zu bringen.

»Fertig jetzt?«, fragte Keller ungerührt. »Dann zu den Fakten. Todeszeitpunkt ist klar, zwischen acht und zehn

Uhr, genauer lässt er sich im Moment nicht eingrenzen. Wunde am Hinterkopf. Bei der eigentlichen Todesursache will sich die Gerichtsmedizin im Moment noch nicht eindeutig festlegen. Vielleicht ein Schlag auf den Schädel, möglicherweise eine Folge des Sturzes, von was immer der ausgelöst wurde.«

»Was gefunden?«

Er schüttelte den Kopf.

»Noch nichts. Wenigstens nichts, was als mögliche Tatwaffe in Betracht käme. Blutspuren am Rand der Luke, durch die er gefallen ist. Wahrscheinlich hat er sich beim Sturz angeschlagen.«

»Irgendeine Theorie?«

»Das Geländer oben auf dem Heuboden ist morsch. Vielleicht hat er sich dagegengelehnt, vielleicht ist er ausgerutscht.«

»Oder er ist dagegengesprungen«, gab ich zu bedenken.

Berger mischte sich ein: »Ein als Unfall kaschierter Selbstmord? Wozu das denn?«

»Doppelte Versicherungssumme. Reine Fürsorge. Man tut ja alles für seine Lieben«, sagte ich.

»Das ist doch Blödsinn!«, fuhr Berger auf. »Dillinger, Sie haben eine krankhafte Phantasie!«

»Ei forbibbsch! Wänn's um dä Mäbbse gäht!«, sagte ich spöttisch.

Berger lief rot an. Er war ein Wendeimport aus Sachsen, der sich krampfhaft bemühte, hochdeutsch zu reden. Ein aussichtsloses Unterfangen. Er mochte es gar nicht, wenn man ihn damit hänselte.

Keller wiegte bedächtig den Kopf.

»Ko scho sei«, sagte er. »Älles scho do gwest.«

Er war auch nicht von hier. Aber als Schwabe von der Ostalb, sozusagen als landsmannschaftlicher Vetter, hatte er einen Bonus. Außerdem: Er konnte Hochdeutsch. Und sprach es auch meist.

Er wechselte wieder in die Amtssprache. »Wir können derzeit jedenfalls kein Verdachtsmoment ausschließen.«

Das Wort »Verdachtsmoment« hörte ich gerne. Es bedeutete, dass der Kommissar die Akte noch nicht geschlossen hatte.

»Was weiß man über den Tathergang?«, fragte ich.

»Vorerst gibt es noch keinen Tathergang, sondern nur einen Todesfall, dessen Ursache wir untersuchen«, belehrte er mich.

»Es war ein Unfall, nichts weiter«, sagte Berger.

»Das glaube ich vorerst mal noch nicht«, erwiderte ich.

»Und warum nicht?«, wollte Berger wissen.

»Sagt mir mein Gefühl.«

»Pah!« Berger plusterte seine Pausbäckchen auf. »Gefühl!«

»Mit dem Wort können Sie nichts anfangen, gell?«

Keller bot mir seine Thermoskanne an. Ich lehnte dankend ab. Wenn ich etwas hasse, dann ist es Kamillentee. Keine Ahnung, weshalb er den trank. Vielleicht half er bei der Ausnüchterung.

Keller konsultierte seine Notizen.

»Also zum Hergang. Gesehen oder gehört hat natürlich niemand etwas. Die Nachbarn waren im Stall oder sonst wo beschäftigt. Ach ja, der Viehhändler war im Dorf, ein gewisser ...« Er blätterte in seinen Unterlagen. »... ein gewisser Norbert Czichon. Der war übrigens auch bei Huber. Er hat ihn im Stall nicht gefunden, hat am Haus geläutet, aber keiner hat aufgemacht. Dann ist er wieder gegangen.«

»Sagt er.«

»Sagt er. Irgendwelche Zweifel?«

»Es kommt mir seltsam vor. Ich habe ja auch in der Scheune nachgeschaut, als ich Huber nirgends gefunden habe.«

Keller dachte nach. »Vielleicht hatte er es eilig. Vielleicht war es ihm nicht so wichtig. Er kommt ja regelmäßig vorbei. Und er hatte keinen festen Termin mit Huber.«

»Wann war er bei Huber?«

»Nach seiner Aussage zwischen neun Uhr und halb zehn. Genauer weiß er's nicht.«

»Da war Huber vermutlich schon tot. Hat den Viehhändler jemand gesehen?«

»Im Dorf ja, bei Huber nein.«

»Was ist mit der Frau und dem Sohn?«

»Alle drei waren wie üblich im Stall. Von sechs bis etwa halb acht. Danach haben sie gemeinsam gefrühstückt. Wie jeden Morgen. Frau und Sohn haben sich umgezogen und sind gegen halb neun nach Schwäbisch Hall gefahren. Einkaufen. Huber ging nicht mit. Was er auf dem Hof vorhatte, wussten sie nicht. Sie haben ihn zuletzt gesehen, als er in die Scheune ging. Er wollte Heu hinunterwerfen. Sagen sie.«

»Wozu er aber nicht mehr kam.«

»Richtig. Auf dem Scheunenboden lag kein Heu.«

»Das grenzt den Todeszeitpunkt zumindest ein, wenn die Hubers um halb neun weggefahren sind.«

Keller schüttelte den Kopf.

»Seit dem Frühstück haben sie den Huber nicht mehr gesehen.«

Ich blieb hartnäckig.

»Andersherum: Es könnte gleich nach dem Frühstück passiert sein, weil er nicht mehr dazu kam, das Heu hinunterzuwerfen.«

»Muss nicht so sein. Wer weiß, was er sonst noch getan hat?«

»Was ist mit einem Motiv?«

»Das einzige Motiv, das ich bisher sehe, haben Sie ins Spiel gebracht. Das mit der Lebensversicherung hat mich stutzig gemacht. Kommt es häufiger vor, dass die Ehefrau als Begünstigte gestrichen wird?«

Ich schüttelte den Kopf.

»Habe ich noch nie erlebt. Außer nach einer Scheidung.«

»Stand da bei den Hubers etwas an?«

»Keine Ahnung. Aber besonders mitgenommen haben Frau und Sohn auf mich nicht gewirkt.«

Ich erzählte von meinem kurzen Gespräch mit den so eigenartig gefassten Hinterbliebenen. Mein Eindruck deckte sich mit dem von Keller.

»Haben Sie die Hubers danach gefragt?«, wollte ich wissen.

Keller tat unschuldig: »Noch nicht.«

Ich merkte, worauf es hinauslief.

»Haben Sie sich im Dorf schon umgehört?«, fragte Keller nun mich wie beiläufig.

Nun spannte es auch Berger.

»Chef, das ist aber nicht in Ordnung, dass der Dillinger sich da einmischt!«, protestierte er.

Keller und ich schauten uns an. Kellers Gesicht war undurchdringlich, ich grinste.

»Rein professionell, Berger«, sagte ich. »Schließlich geht es um meine Versicherung.«

»Gudden Daach, de Härrn«, verabschiedete ich mich in meinem besten Sächsisch. Es war genauso grauenhaft wie Bergers Hochdeutsch.

Im Büro duftete es nach Räucherstäbchen. Sonja legte die Handflächen aneinander und verbeugte sich.

»Namaste«, sagte sie.

Meine Partnerin sah umwerfend aus wie immer. Ich hätte mich jeden Morgen neu in sie verlieben können. Mit ihren zweiunddreißig Jahren hatte sie auch genau das richtige Alter dazu. Sie war einfach zum Anbeißen. Ein geschmeidiger, sportlicher Körper. Außerdem war sie blitzgescheit, ungeheuer tüchtig, ausnehmend hübsch und leider unbelehrbar lesbisch.

War vielleicht besser so fürs Betriebsklima.

Sonja war derzeit auf dem Indientrip. Das war so, seit sie im hiesigen »Indian Forum« eine Ayurveda-Behandlung ausprobiert und dabei ein nettes Mädchen kennengelernt hatte. Jawoll, das gibt es in Schwäbisch Hall, ein »Indian Forum«. Sogar mit echten Indern. Wir sind halt polyglott, wir Hohenloher.

Seitdem trug sie im Büro einen seidigen Hauch von Etwas. Türkisfarbene Pluderhosen, darüber eine Art geschlitzten Rock. Ein enges, kurzärmeliges Oberteil aus demselben Stoff, das den Bauch frei ließ, einen flachen, harten Bauch übrigens. Sie sah aus wie eine Tempeltänzerin.

Es stand ihr gut.

Sie hatte schon die Zen-Phase hinter sich mit ausgiebigen Meditationen, einen Rückfall in die Hippie-Ära mit wallenden Gewändern und Zöpfchen im Haar und ebenso die veganische Periode, die mich allerdings zutiefst verstört hatte: Wie kann man von rohem Gemüse allein glücklich werden?

Irgendwie war das alles hormongesteuert und hing mit ihren jeweiligen Partnerinnen zusammen.

Das war schon in Ordnung so. Nur hatte sie sich diesmal die falsche Jahreszeit ausgesucht. Wir mussten die Heizung schon ganz schön hochdrehen. Hoffentlich legte sich dieser Fimmel wieder, bis der Winter kam.

Ich erzählte ihr von Huber. Sie hatte schon die kurze Notiz in der Zeitung gelesen, ohne zu wissen, dass es uns betraf. Natürlich war kein Name genannt worden.

Normalerweise hätte sich Sonja jetzt an den ganzen Formularkrieg gemacht. Zuverlässig und schnell wie immer. Ich bat sie, damit noch zu warten.

»Da ist etwas faul. Es war vielleicht wirklich nur ein Unfall. Es könnte aber auch ein Mord gewesen sein«, sagte ich.

»Und wenn schon«, sagte Sonja. »Mord ist auch ein Unfall. Zahlen müssen wir so oder so, das weißt du genau.«

»Nicht wenn der Begünstigte der Mörder ist.«

Sie sah mich überrascht an.

»Mal wieder auf dem Kriegspfad?« Ich sah ein wohlbekanntes Glitzern in ihren grünen Augen. »Nun erzähl schon«, sagte sie.

Und ich erzählte, wie ich den Toten gefunden hatte, berichtete von meinem Gespräch mit Keller und dem seltsamen Verhalten der beiden Hubers.

»Hast du sie allen Ernstes im Verdacht?«, fragte Sonja.

Ich zuckte mit den Achseln.

»Ich will einfach wissen, was passiert ist. Irgendwo müssen wir ja anfangen.«

»Was wissen wir über die Hubers?«, fragte Sonja.

Ich fuhr meinen Computer hoch und öffnete unsere interne und höchst geheime Datenbank, in der wir alle Fakten, vor allem aber Klatsch und Tratsch über bestehende und potenzielle Kunden sammeln.

Ich druckte den Datensatz in zwei Exemplaren aus und gab eines davon Sonja. Sie hatte mittlerweile einen Ayurveda-Tee aufgegossen. Er schmeckte furchtbar.

Fritz Huber war siebenundfünfzig Jahre alt geworden. Er stammte aus dem Dorf. Sozusagen alter Adel. Seine Vorväter waren seit Urzeiten hier ansässig und hatten sich im Laufe der Zeit zu den größeren Bauern emporgearbeitet. Zwei jüngere Schwestern waren ausbezahlt worden. Die eine war, wie praktisch, mit einem Landwirtschaftsmechaniker verheiratet, von der anderen wusste ich nichts.

Anita Huber war sechs Jahre jünger und die Tochter eines Kleinbauern aus dem Nachbardorf. Außer ein paar mageren Äckern hatte sie vermutlich nicht viel in die Ehe eingebracht.

Sie hatten spät geheiratet, er mit zweiunddreißig, sie mit sechsundzwanzig, und bei der Hochzeit musste Anita unübersehbar im sechsten Monat gewesen sein. Ihr Sohn jedenfalls kam drei Monate nach der Hochzeit zur Welt.

Das war keine Schande, und deshalb wurde auch kein Geheimnis daraus gemacht. Zu jenen Zeiten heiratete man aus genau diesem Grund oder weil auf einen Hof eben eine Bäuerin gehört. Möglichst eine, die was mitbrachte. Liebe stellte sich automatisch ein. Oder auch nicht.

Manchmal wurde die Zukünftige vermutlich auch auf ihre Gebärfähigkeit getestet. Schließlich braucht ein Hof Nachfolger. Und Arbeitskräfte.

Gerd, der Heiratsgrund, war jetzt fünfundzwanzig Jahre alt. Dann musste es im Hause Huber dieses Jahr ja eine Silberhochzeit gegeben haben, fiel mir auf. Ich hätte gratulieren sollen.

Soweit ich es mitbekommen hatte, verstanden sich Vater und Sohn nicht besonders. Aber das war ja nun keine Seltenheit.

So viel also wussten wir. Mehr würde ich bestimmt von den Nachbarn erfahren.

Als Versicherungsvertreter ist man für seine Stammkunden auch so etwas wie ein Beichtvater. Nach dem Arzt. Und vor dem Pfarrer. Die Leute brauchen jemanden, dem sie von ihren Kümmernissen erzählen können. Und nach Hubers Todessturz würde die Gerüchteküche brodeln.

»Na, dann schwing dich mal auf nach Hohenberg«, sagte Sonja.

Ich schüttelte den Kopf und seufzte.

»Das muss bis morgen warten. Ich habe heute Nachmittag einen anderen Termin.«

Sie verstand. Ihr Grinsen hätte ich im günstigsten Fall als anzüglich bezeichnet. Vielleicht auch als hämisch. Mitleidig war es auf keinen Fall.

Ich ging.

Zur Stärkung genehmigte ich mir im »Sedran« gegenüber noch einen Sgropino.

Mein Liebesleben lässt sich kurz und bündig mit einem Wort beschreiben: chaotisch. Das derzeitige Chaos hieß Helena, war zweiundzwanzig, sah süß aus, wenngleich die Eltern bei der Namenswahl doch etwas zu optimistisch gewesen waren, und hatte einen erfreulich üppigen Busen. Uns hatte die Not zusammengebracht. Sie arbeitete bei der Bausparkasse – ein Kleinstadtkind aus Heilbronn, das es erst vor kurzem nach Schwäbisch Hall verschlagen hatte und das noch dabei war, sich einen Freundeskreis aufzubauen. Sie war allein, und ich war's derzeit auch wieder mal. Und als Mann von sechsunddreißig hat man auf dem Single-Markt nicht mehr unbedingt die große Auswahl. So trösteten wir uns gegenseitig. Es war nett, aber auch nicht mehr.

Ich hatte mich zu einem Einkaufsbummel breitschlagen lassen. Sie war ja noch neu in der Stadt und hatte sich eigens den Nachmittag freigenommen.

Das Programm sah des Weiteren ein Abendessen im »Hotel Hohenlohe« vor, dem Haller Renommier-Lokal mit bester Aussicht auf die Stadt, was mich eine Stange Geld kosten würde, und danach … Deswegen nahm ich diese ganze Tortur überhaupt auf mich.

Mit Frauen einkaufen zu gehen, ist an sich schon eine Zumutung. Damit hatte mich schon meine Ex in unserer kurzen Ehe genervt. Aber Helena war einsame Spitze.

Sie hatte sich offensichtlich in den Kopf gesetzt, den gesamten Schotter durchzuprobieren, der im »Glashaus« auf den Bügeln hing. Nicht bloß anzuschauen. Tatsächlich anzuziehen.

Helena erwartete von mir nicht nur Geduld, sondern auch Kommentare. Und ich tappe doch immer wieder in die gleiche Falle.

»Ein Rollkragenpulli mit kurzen Ärmeln? Das ist doch total unbrauchbar!«

»Aber er ist cool!«

Nur die Farbe gefiel ihr nicht.

Helena pendelte weiter zwischen Drehständern und Umkleidekabine. Ich vertrieb mir derweil die Zeit mit intensivem Studium der aktuellen Mode. Bauchfrei finde ich gut. Tiefe Dekolletés finde ich auch gut. Ich starrte also den anderen jungen Mädchen auf die nackten Bäuche und in die Ausschnitte und stellte kritische Vergleiche an. War schon was dran, dass die Jugend immer dicker wurde, da wackelte und schwabbelte doch so einiges.

Ich durfte nur nicht so auffällig starren. Nicht wegen der Mädchen. Wegen Helena. Von den jungen Schönheiten rings um mich erwiderte keine meine lüsternen Blicke. Ich war ein Nichts. Ein altes Nichts.

Helena war inzwischen merklich angesäuert, weil ich an allem etwas auszusetzen hatte. Warum fragte sie dann überhaupt, wenn sie es gar nicht hören wollte?

Ich begann ernsthaft, mir um den weiteren Verlauf des Abends Sorgen zu machen.

Helena kam mit einem rosa Zopfmusterpulli aus der Kabine. Ich fand ihn grässlich. Sie fand ihn, natürlich, cool. Ihr Vokabular war in der Hinsicht etwas eingeschränkt. Ihr Geschmack auch.

»Diese Farbe steht mir super«, sagte sie.

Ich sagte nichts. Ich wurde vorsichtiger.

»Aber findest du nicht auch, dass der meinen Busen zu sehr plattdrückt?«, fragte sie.

Ich besann mich auf die bewährte Taktik.

»Total platt«, sagte ich, obwohl ich das anders sah. Damit war dieser Pulli sofort erledigt.

Bei der nächsten Hose machte ich den Test.

»Die macht sehr breite Hüften«, gab ich zu bedenken.

Die Hose wurde ausgesondert.

So einfach war das also.

Helena konnte sich natürlich für nichts entscheiden, wofür ich ausgesprochen dankbar war. Nicht eines dieser Stücke hätte ich geschenkt haben wollen. War das nur mein Geschmack, oder war das schon das Alter?

Wir zogen weiter. Glücklicherweise ist das Schwäbisch Haller Geschäftsleben überschaubar, aber aus der Sicht eines zum Einkaufsbummel genötigten Mannes gibt es immer noch entschieden zu viele Kleiderläden. Von Schuhgeschäften ganz zu schweigen.

Ich war erschöpft und sinnierte, ob das erwartete Ende dieses Tages in einem angemessenen Verhältnis zum Aufwand stehen würde. Allerdings war ich mittlerweile Experte, in welchen Geschäften die hübschesten Mädels einkaufen gingen.

An den wirklich teuren Boutiquen lotste ich Helena erfolgreich vorbei, mit dem schlagenden Argument, das Angebot sei nur für die reifere Dame. Womöglich wäre sie sonst auf den Gedanken gekommen, sich von mir was schenken zu lassen.

Begehrliche Blicke in die Schaufenster konnte ich nicht verhindern. Ich glotzte pro forma mit, war angemessen beeindruckt und teilte aus vollem Herzen ihre Meinung, das sei doch arg viel Geld für solche Fummel.

Als ich da so durchs Schaufenster ins »Lädle« von Graziella Bauer glotzte, auf die Hosen von Joop, die Pullis von Armani, die Röcke von Versace, hatte ich eine Halluzination, die nur eine Folge meiner modemäßigen Überreiztheit sein konnte.

Ich schaute nochmals. Die Halluzination blieb. In der Tat, in der Boutique tummelte sich Huber junior. Er scharwenzelte um eine Frau herum, die ich nur von hinten sah. Schlank. Eng geschnittener, schwarzer Mantel. Lange, dunkle Haare.

Was, um alles in der Welt, wollte der junge Huber-

Bauer in diesem teuren Laden? Kein Wunder, dass die Hubers auf eine schnelle Auszahlung der Lebensversicherung drängten.

Ich überredete Helena zu einer Espresso-Pause im »Simonetti« gegenüber, mit direktem Blick aufs »Lädle«.

Natürlich war kein Fensterplatz frei. Deshalb erhaschte ich lediglich einen flüchtigen Blick auf die Frau, die gemeinsam mit Huber die Boutique verließ. Ich konnte sie nur undeutlich erkennen. Jedenfalls war sie viel zu alt für den jungen Kerl und viel zu hübsch. Gerd Huber stapfte neben ihr her und redete erregt auf sie ein.

Ich warf vier Euro für die zwei Espressi auf den Tisch, packte die verdatterte Helena und zog sie ohne weitere Erklärung auf die Schwatzbühlgasse hinaus.

Dort allerdings fand meine süße Unschuld aus Heilbronn schnell ihre Sprache wieder und äußerte ihre Verwunderung über den überstürzten Aufbruch. Um die Wahrheit zu sagen: Sie beschimpfte mich fürchterlich.

»Du Arsch!«, schrie sie. »Was fällt dir ein, mich so herumzuzerren!«

Ganz so süß war Helena doch nicht immer.

Ich murmelte etwas von einem alten Freund, den ich zu sehen geglaubt hatte. Das seltsame Paar war natürlich mittlerweile verschwunden. Schade. Ich hätte zu gerne gewusst, mit wem Gerd Huber sich die Zeit vertrieb.

An eine planvolle Suche war nicht zu denken mit einer kaufwütigen und keifenden Helena im Schlepptau. Vielleicht liefen mir die zwei noch einmal über den Weg. Schwäbisch Hall ist ja klein.

Aber so klein dann doch wieder nicht. Ich sah sie nicht mehr. Und Helena wunderte sich kein bisschen, dass ihr Begleiter plötzlich hellwach war und sie von Laden zu Laden drängte.

Wir entschieden uns schließlich im »Da Vinci« für etliche farbenfrohe Pullis, die so kurz waren, dass mich schon bei ihrem Anblick fror, und in der »Modekiste« für eine hautenge graue Hose, nachdem ich mehrfach versichert hatte, dass die ihren Hintern äußerst vorteilhaft zur Geltung brächte. Was ja nun auch stimmte. Die passenden Schuhe dazu fanden wir nicht, trotz vieler heroischer Versuche.

Der Rest des Abends entsprach dann aber durchaus meinen Erwartungen.

Allerdings war er auch nicht ganz billig.

Donnerstag

Die Fahrt von Schwäbisch Hall nach Hohenberg zählt zu meinen Lieblingsstrecken. Erst geht es vom Kochertal hinauf auf die Hochfläche. Keine fünf Minuten vom Stadtzentrum fand ich mich schon zwischen Feldern und Wiesen. Die frisch gepflügten Felder glänzten satt. Weit ging der Blick über die Hochfläche in eine dunstige Ferne. Nichts ließ davon ahnen, dass hinter mir der tiefe Einschnitt des Kochertals lag. Ebenso wenig war zu vermuten, dass es schon einige Minuten später steil hinunterging ins Bühlertal, wo man in der Ferne die gewaltige Kochertal-Autobahnbrücke sah. Der kleine Ort Cröffelbach drängt sich in das enge Tal, und gleich geht es wieder steil und kurvenreich die Cröffelbacher Steige hinauf auf die nächste Hochfläche, die Ilshofener Ebene.

Den Flachlandtirolern aus dem Norden muss die Cröffelbacher Steige vorkommen wie ein Alpenpass, und bei Eis und Schnee ist sie wirklich ein Horror. Aber für meinen zitronengelben Porsche ist sie eine herrliche Rennstrecke.

Weil er der einzige zitronengelbe Porsche in meiner Region ist, kennt mich jeder. Was ja auch Sinn der Sache ist. Nur im Nachbarkreis habe ich mal einen Angeber in so einem Auto gesehen. Ich würde natürlich nie zugeben, dass ich den Wagen auch ausgesprochen gern fahre.

Gleich nach der Cröffelbacher Steige geht es links ab. Hohenberg ist ein Dorf von der Art, wie es sie selbst in dieser Gegend nicht mehr häufig gibt. Ein stiller Winkel, den nur die nahe Autobahn stört. Höchstens achtzig Einwohner.

Wer nur durchfährt, wähnt sich in einem Bauerndorf wie aus alten Zeiten. Ein geschlossenes Ortsbild. Fachwerkhäuser, teilweise schmuck herausgeputzt und im Sommer mit prachtvollen Geranien vor den Fenstern. Ein paar neue Häuser, aber kein Neubaugebiet. Die Misten vor den Ställen. Und wenn abends das Vieh von der Weide heimgetrieben wird, muss der Autofahrer viel Geduld aufbringen.

Es war noch früh am Morgen. Ein Spätherbsttag, wie er schlechter nicht sein könnte: trüb, kalt, und es nieselte leicht.

Ich hatte mich entsprechend rustikal angezogen. Eine grünliche Cordhose von Bogner, einen dunkelblauen Troyer, den ich vor Urzeiten in der Bretagne erstanden hatte, und darüber eine rote Outdoor-Jacke. Dazu Hiking-Schuhe, denen der Mist und der Dreck auf den Straßen nichts anhaben konnten. Schließlich waren wir auf dem Land.

Hohenberg lag still und verschlafen. Nur eine abgehärtete Katze kreuzte meinen Weg. Die Arbeit auf den Feldern war zum großen Teil getan. Das Dorf dämmerte langsam dem Winter entgegen.

Ich hatte einige Kunden in Hohenberg, und irgendein Vorwand für einen Besuch ließ sich immer finden. Außerdem spekulierte ich darauf, dass der Vorfall die Gemüter bewegt hatte und jeder gern erzählen wollte, was er wusste. Oder ahnte. Oder gern gewusst hätte.

Hohenberg wurde 1339 erstmals urkundlich erwähnt, will man den Ortschroniken glauben, und manchmal habe ich den Eindruck, dass sich so manche Nachbarschaftsfehden seit diesen Zeiten erhalten haben.

Deshalb begann ich bei den Fechners, den unmittelbaren Nachbarn der Hubers.

Die beiden Familien konnten sich nicht riechen, wie ich wusste. Der Anlass für den Streit lag schon Generationen zurück, und keiner hatte mehr so recht eine Ahnung, worum es eigentlich gegangen war. Aber die gegenseitigen Antipathien wurden vererbt und hochgehalten wie kostbares Tafelsilber.

Die Umstände hatten die Herzen dennoch etwas erweichen können.

»So ein Unglück! Die arme Frau«, schniefte die Fechners-Bäuerin, »was macht sie jetzt bloß ohne Mann?«

»Wird froh sein«, brummte der Fechners-Bauer, »zwischen denen ging es doch nie gut.«

»Na ja, unsere kleinen Ehestreitigkeiten haben wir doch alle«, warf ich ein. Bei solch tiefsinnigen Gesprächen kann ich nur meine Stereotypen rotieren lassen, Abteilung hohles Gewäsch.

»Das war nicht bloß ein kleiner Ehestreit«, sagte die Bäuerin. »Bei denen hat es ordentlich gekracht am Abend, bevor er hinuntergestürzt ist. Da ging's hoch her dort drüben.«

Die Fechners hatten ja Zeit zu lauschen. Ich schätzte ihn auf Mitte siebzig, sie war vielleicht zehn Jahre jünger. Beiden sah man die jahrzehntelange harte Arbeit an.

Den Hof hatten sie schon lange aufgegeben. Sie hatten ihn ohnehin nur nebenbei bewirtschaftet, solange es eben noch ging. Er hatte sein Geld als Waldarbeiter verdient. Die Kinder waren weggezogen.

Ich konnte es ihnen nicht verdenken. Das alte Haus war wohl über das Stadium hinaus, wo es durch eine Renovierung noch hätte gerettet werden können. In der dunklen Stube mit den schweren Möbeln roch es muffig. Lange nicht gelüftet. Die Bäuerin, im Kittelschurz, die grauen Haare zu einem Dutt hochgebunden, servierte dünnen Kaffee und die Reste des selbstgebackenen Hefezopfes vom Sonntag. Der war gut.

Ein Streit am Abend zuvor? Interessant.

»Haben Sie gehört, um was es da ging?«, fragte ich.

»›Alte Schlampe‹, hat er sie geheißen. ›Du wirst dich schon noch wundern‹, hat er geschrien.«

»Worüber sollte sie sich noch wundern?«

Beide Fechners warfen sich verstohlene Blicke zu und

waren plötzlich sehr zugeknöpft, als hätten sie schon zu viel gesagt.

»Ach, das haben wir nicht genau verstanden.«

Von wegen! Da gab es offensichtlich etwas, das ich nicht wissen sollte. Ich ließ ihnen Zeit.

»Ja, es sind schon schwere Zeiten heute«, sagte ich.

Das war dummes Geschwätz jetzt, aber die beiden sprangen prompt darauf an.

Die Fechners waren einfache Bauern, die sich mühselig durchs Leben geschlagen hatten. Nie waren sie aus ihrem engeren Umkreis herausgekommen. In ihren jungen Jahren war schon die Fahrt nach Schwäbisch Hall eine halbe Weltreise gewesen. Und während der Rest des Volks die Urlaubsparadiese zu entdecken begann, hatten sie ihre paar Kühe gefüttert. Jetzt waren sie alt und verstanden die Welt nicht mehr, die ihnen das Fernsehen ins Wohnzimmer brachte. Sie waren dankbar für jeden Zuhörer, mit dem sie über die alten Zeiten reden und über die neuen klagen konnten.

Und so lamentierte Frau Fechner über die diversen Zipperlein, die sie plagten, und Herr Fechner erzählte von damals, als er noch die Ochsen angespannt und das Heu von Hand aufgeladen hatte. Schwere Zeiten damals.

Es war interessant. Aber allmählich wurde es wieder Zeit für die Themen, die jetzt wichtig waren.

»Es ging wohl immer lautstark zu bei den Hubers?«, fragte ich.

Halb hatte ich erwartet, dass sie sich wieder zurückziehen würden. Doch offenbar hatte ich durch mein geduldiges Zuhören etwas Vertrauen gewonnen.

Fechner schüttelte den Kopf. »Erst in den letzten paar Monaten. Das hat mich ja auch gewundert. Davor haben sie eigentlich überhaupt nicht miteinander geredet.«

»Wissen Sie«, sagte die Fechners-Bäuerin und beugte sich vertraulich vor, »der Fritz war schon immer ein eigenartiger Mensch.«

»Wieso eigenartig?«

»So verschlossen. Der hat nicht viel geredet mit einem.«

»Er hat's ja auch nicht leicht gehabt«, warf ich ein. »So ein großer Hof, und dann lange keine Frau im Haus.«

»Der kann froh sein, dass ihn die Anita genommen hat«, sagte die Fechnerin. »So ein hübsches Mädchen war sie mal. Und so lebenslustig! Die arme Frau! Was ist nur aus ihr geworden!«

Mir war nicht so recht klar, worauf sich das »arme Frau« bezog: auf ihr plötzliches Witwendasein oder auf die Ehe mit einem »eigenartigen« Mann.

»Die hat nichts anbrennen lassen, die Anita«, brummte Fechner.

Ich schaute ihn fragend an.

»Na ja, die war schon ein heißer Feger, vor ihrer Hochzeit«, sagte er etwas verlegen. »Und sie war ja dann auch in anderen Umständen, als sie geheiratet haben.«

Das passiert ja auch den nicht ganz so heißen Fegern, dachte ich mir. Wer weiß, wann das erste Fechners-Kind zur Welt gekommen war.

»Ja, ja«, seufzte die Fechnerin, »und dann ist sie so still geworden. Der Fritz hat ihr nicht gutgetan.«

»Wie war denn das mit dem Gerd?«, erkundigte ich mich.

Fechner war ein Mann vom alten Schlag, der noch ein breites Hohenlohisch sprach, das nicht von schwäbischen oder sonstigen Einsprengseln verwässert war und mit dem selbst ich mich manchmal schwertat.

»Der is liawer dort wu scho gschaffd is und nouni gväschberd«, sagte er.

Einen, der zum Abendessen kommt, wenn andere die Arbeit schon getan haben, wird man nicht gerade als arbeitswütig bezeichnen.

»Es ging wohl nicht gut mit Fritz und Gerd Huber?«

»Überhaupt nicht«, erwiderte Fechner. »Die haben nur

noch gestritten in letzter Zeit. Manchmal habe ich gedacht, die gehen mit den Mistgabeln aufeinander los.«

»Wie war denn das gestern Morgen?«, wollte ich wissen. »Haben Sie die Hubers wegfahren sehen?«

Natürlich hatten sie.

»Und der Viehhändler, dieser Norbert Czichon? Kennen Sie den?«

Fechner schüttelte den Kopf.

»Nur vom Sehen. Der ist noch nicht lange hier in der Gegend. Erst ein paar Monate vielleicht.«

»Aber er war oft beim Fritz«, sagte die Fechnerin. »Auch wenn der Fritz gar nicht da war.«

Diese Logik war nicht leicht zu entschlüsseln.

»Sie meinen, er hat dann mit der Anita verhandelt?«, fragte ich nach.

»Wohl«, sagte Fechner. »Er war jedenfalls immer bei ihr in der Stube.«

Das fand ich seltsam. Huber hatte auf mich nicht den Eindruck gemacht, als würde er irgendwelche Geschäfte seiner Frau überlassen. Vielleicht sehnte sich die Huberin nur nach einem netten Plausch beim Kaffee.

Auch die Fechnerin fand das seltsam.

»Komisch«, sinnierte sie, »der Viehhändler kam oft dienstags. Und dienstags war der Fritz immer weg.«

»Jeden Dienstag?«, fragte ich verblüfft.

»Seit einiger Zeit«, sagte sie. »Er ist morgens nach dem Stall weggefahren und abends vor dem Stall wieder zurückgekommen.«

Die Stallzeiten. Die Fixpunkte bei den Bauern, die Viehwirtschaft betrieben. Die Kühe wollten gemolken werden, die Schweine schrien nach Futter.

»Und wie lange ging das schon so?«

»Ein paar Monate vielleicht«, sagte Fechner.

Wirklich komisch. Seit ein paar Monaten war der Herr Huber jeden Dienstag weg, und seit ein paar Monaten empfing die Frau Huber jeden Dienstag den Viehhändler.

»Wo war der Fritz denn immer?«, fragte ich.

»Das weiß ich nicht«, sagte die Fechnerin, und es war ihr anzumerken, dass sie das wurmte. Es kam einer persönlichen Niederlage gleich, wenn man nicht alles wusste, was die Nachbarn so trieben.

Ich wusste, wie das ablief.

Es begann mit harmlosen Fragen: So, Nachbar, auch wieder unterwegs gewesen? Nur ja nicht direkt fragen, wo er denn wirklich gewesen sei. Der Nachbar hatte dann pflichtgemäß mehr oder minder ausführlich zu erklären, wo er gewesen war und warum und überhaupt.

Der Huber hatte wahrscheinlich nur »Ja« gebrummt. Ein böser Verstoß gegen den Komment. Und über die Maßen ärgerlich für die Frau Nachbarin, wenn sie auch durch weitere unschuldige Fragen nichts Näheres herausbekam.

In diesem Fall musste man die Hintertür benutzen: So, Nachbarin, ist der Fritz mal wieder weg heute? Aber siehe da, auch die Frau Nachbarin erweist sich als uneinnehmbares Bollwerk und kann oder will nichts sagen.

»Und wie war das gestern?«, fragte ich.

»Da ist der Fritz ja nun nicht weggefahren«, sagte Fechner.

Eine umwerfende Logik. Wie sollte er auch, wenn er tot in der Scheune lag.

Aber Fechner hatte die Sache auf den Punkt gebracht. Wenn Huber immer dienstags wegfuhr – warum dann gestern nicht? Frau Huber war gestern nicht da, als der Viehhändler kam, und »dem Viehhändler sein Auto« stand einige Zeit auf dem Hof, und die Fechners, man stand ja nicht dauernd am Fenster, wussten nicht, was er da gemacht hatte, wo der Fritz doch schon tot und die Anita weg war.

Die Rätsel, die Dillinger nicht lösen kann, müssen erst noch erfunden werden, tröstete ich mich im Stillen.

Ich versuchte noch einmal, etwas mehr über den Streit am Montagabend zu erfahren.

»Das ist schon tragisch«, sinnierte ich. »Da haben sich die Hubers am Abend noch gestritten, und am Morgen ist er tot.«

Die Fechnerin seufzte. Der Fechner brummelte etwas, das ich nicht verstand. Auf mein leises Locken sprangen sie nicht an. Das war wohl kein normaler Ehekrach gewesen, dachte ich, da steckte mehr dahinter. Aber die Signale waren deutlich: Was immer der Anlass für den Streit gewesen sein mochte, es ging mich nichts an.

Ich zog weiter und stand meist vor verschlossenen Türen. Zu Hause waren nur die Alten und die wenigen Vollerwerbslandwirte, alle anderen waren arbeiten. Und nicht nur die Türen blieben verschlossen. Eine Art Dorffunk schien die anderen vor einem zu warnen, der nicht dazugehörte und neugierige Fragen stellte.

Ich erfuhr, dass der Kleiber mit dem Brotner seit langem schon kein Wort mehr redete und der Esser mit dem Hollweg nur über die jeweiligen Anwälte, wobei die Anlässe dafür so verwickelt waren, dass ich sie nicht recht nachvollziehen konnte. Ich vernahm, dass der Frech ein ganz Hinterfotziger sei, der auch schon mal die Polizei gerufen hatte, weil einer der Dorfjungs mit dem Bulldog gefahren war, obwohl er noch keinen Führerschein hatte.

Der übliche Dorftratsch eben. Doch über die Hubers hörte ich nur einige Andeutungen, mit denen ich nichts anfangen konnte, und stieß ansonsten auf eine Mauer des Schweigens. Das Dorf schottete sich ab.

Irgendetwas war mit den Hubers.

Ich landete schließlich bei Walter Richter, einem der Großbauern im Ort. Er war meine letzte Hoffnung. Ich kannte ihn ganz gut, und er war umgänglich und redselig.

Wir saßen in der Wohnküche, wie man das so macht auf dem Land, wenn man mit den schmutzigen Arbeitskleidern ins Haus kommt und sich nicht eigens umziehen will fürs Mittagessen.

Es war jetzt kurz vor Mittag, Richter hatte einen Krug Most vor sich. Ohne lange zu fragen, schenkte er mir ein Glas ein.

»Bratbieremouscht«, sagte er. Most also von jener Sorte Birnen, die man nicht essen, sondern nur vermosten kann. Nur wenige dieser großen, alten Bäume säumten die Felder, die meisten waren den Flurneuordnungen zum Opfer gefallen. Und wer brauchte heutzutage noch Mostbirnen? Richter machte seinen Most noch selber, und das schmeckte man.

Richter war im Alter des verstorbenen Fritz Huber, sie waren zusammen zur Schule gegangen, wie ich erfuhr.

»Was war denn der Huber für einer?«, fragte ich. »Ich habe ihn ja nicht so gut gekannt.«

»Der Fritz?«, entgegnete Richter. »Der war schon immer etwas eigenartig, schon als Bub. So verschlossen. Ein Eigenbrötler. Geredet hat der noch nie viel.«

»Wie haben sich denn der Huber und seine Frau kennengelernt?«, fragte ich.

»Wie üblich«, erwiderte Richter, »beim Schwof am Samstag.«

Wie sonst auch sollte man seinerzeit jemanden kennenlernen, wenn man den ganzen Tag auf dem Hof ackerte und auch sonst nicht viel herumkam? Die samstäglichen Tanzabende waren der Heiratsmarkt auf dem Land. Der Tanzkalender im »Haller Kurier« bestimmte das Samstagabendprogramm: Wo gab es die hübschesten Mädchen? Wo spielten die besten Bands? Heiße Diskussionen unter den Jungs. Und unter den Mädchen genauso. Man fuhr gemeinsam und tauschte Erfahrungen aus. Wenigstens so lange, bis sich die ersten Bande knüpften. Den Tanzkalender gibt es immer noch. Früher wurde hier Schwof annonciert, heute sind es Rockkonzerte. Die Musik hat sich geändert, die Funktion nicht.

»Die Anita Huber soll ja ein recht flottes Leben geführt haben vor ihrer Heirat«, wagte ich einen Vorstoß.

»Die Anita? Ach was! Auch nicht flotter als wir anderen. Keiner hat was anbrennen lassen. Man hat halt ausprobiert, bis man die Richtige gefunden hat«, erwiderte Richter. Er zwinkerte mir zu. Seine Frau war gerade nicht in der Küche.

Bei Fechner hatte sich das nach verruchtem Lotterleben angehört. Aber der hatte den Wandel der Zeiten wohl nicht so ganz mitbekommen. Oder war neidisch, weil es nicht mehr seine Zeit war.

»Aber stimmt schon, die Anita war nicht verhockt, mit der konnte man schon seinen Spaß haben«, fuhr Richter fort. »Und hübsch ist sie mal gewesen!«

Er nahm einen Schluck von seinem Most und sinnierte.

»So recht zusammengepasst haben die beiden eigentlich nicht«, sagte er. »Die Anita war lebenslustig, der Fritz verschlossen. Na ja, wo die Liebe hinfällt.«

Und wenn's gar nicht die Liebe war, sondern nur, weil was unterwegs war? Eigenartigerweise erwähnte Richter das nicht, obwohl das weder ein Geheimnis noch eine Schande war.

Richter war schlank und drahtig wie viele Bauern, ein gemütlicher Kerl, der gern redete, jeden duzte und kein Blatt vor den Mund nahm. Er schenkte mir Most nach.

Ich musste aufpassen. Das herbe Zeug schmeckte höllisch gut und trank sich wie Wasser. Aber ich kannte die Wirkung.

»Einen guten Tropfen habt ihr da«, sagte ich. Ich wusste nicht, ob ich ihn auch duzen sollte, immerhin war er eine Generation älter als ich, und entschied mich für die etwas unbestimmte Pluralform »ihr«. Das war nicht so förmlich wie das »Sie« und nicht so vertraulich wie das »Du«.

»Und ob!«, lachte Richter. »Eigentlich sollte ich den verkaufen, wäre bestimmt kein schlechtes Geschäft. Aber dafür haben wir zu wenige Bäume.«

»Aber ihr gehört doch zu den größten Bauern hier«, sagte ich.

Richter machte eine wegwerfende Handbewegung.

»Wir bewirtschaften etwa achtzig Hektar. Aber was besagt das schon! Größe ist relativ. Sicher, für die hiesige Gegend, wo mehr als die Hälfte der Bauern weniger als zehn Hektar bewirtschaftet, da sind wir schon groß. Aber im europäischen Vergleich sind wir nur Kleinvieh.«

Inzwischen hatte die Bäuerin das Mittagessen aufgetragen. Ohne viel Umstände hatte sie mir auch einen Teller hingestellt. Ich ließ mich nicht zweimal bitten. Es gab Schweinebraten, Kartoffeln und Bohnen. Natürlich alles aus eigener Produktion. Die Kartoffeln aus dem Keller, der Schweinebraten und die Bohnen aus der Tiefkühltruhe.

Wenn ich mir die Bäuerin so anschaute, war Schweinebraten wohl das Grundnahrungsmittel im Hause Richter. Oder er schlug bei ihr nur besonders gut an. Aber sie trug ihre Pfunde mit heiterer Gelassenheit. Aus ihren Augen blitzte der Schalk. Zu Wort kam sie nicht, während sich ihr Mann immer mehr in Rage redete.

»Was sind das nur für Schafseckel in der Politik! Was glaubst du, was die EU im Jahr an Fördergeld an die Bauern verteilt? Sechs Milliarden Euro allein in Deutschland! Sechs Milliarden!«

»Netter Batzen Geld«

»Allerdings! Und wohin geht er? Dorthin, wo sowieso schon genug ist.«

»Die Prämien gehen nach der Betriebsgröße, nicht wahr?«, fragte ich.

Richter nickte. »Im Schnitt so dreihundertdreißig Euro

pro Hektar. Und was bringt das dann einem Kleinbauern mit zehn Hektar? Mickrige dreitausenddreihundert Euro! Und wenn dein Traktor verreckt, und du brauchst einen neuen, musst du locker fünfzigtausend hinlegen. Aber im Osten, da sahnen sie ab. Hast du gewusst, dass es allein in Sachsen zweihundertfünfzig Betriebe gibt, die mehr als tausend Hektar haben? Und selbst die Queen hat für ihre Ländereien siebenhundertfünfzigtausend Euro eingestrichen. Als ob die das nötig hätte! Denen haben sie doch alle ins Hirn geschissen, denen da oben!«

»Nun reg dich doch nicht so auf, Vater«, versuchte ihn seine Frau zu besänftigen.

»Ist doch wahr!«, rechtfertigte sich Richter.

»Was kann man gegen diese Entwicklung tun?«, fragte ich ihn. Hoffentlich war das nicht die falsche Frage.

Ein großer Schluck Most beruhigte ihn schnell wieder.

»Mitmachen«, sagte er, »so oder so. Wachsen oder weichen. In den letzten Jahren hat hier in unserer Gegend die Hälfte aller Bauern aufgegeben. Die sind gewichen. Wir anderen wachsen. Wir müssen wachsen, sonst können wir nicht effektiv wirtschaften.«

»Wachsen durch Zukauf?«

»Hauptsächlich Pacht«, sagte Richter, »Zukauf weniger. Da musst du ja viel Geld auf den Tisch legen. Und außerdem, kein Bauer gibt sein Land gern aus der Hand, auch wenn er's nicht mehr selber bewirtschaftet.«

»Aber Huber hat nicht nur gepachtet, sondern auch gekauft, wie man hört«, sagte ich, denn im Gespräch mit den anderen Dorfbewohnern war mir das eine oder andere zu Ohren gekommen.

Richter nickte.

»Wie kommt es, dass man ihm überhaupt Land verkauft hat?«

»Wenn man genügend bietet, wird mancher schwach, dem das Wasser bis zum Hals steht«, sagte Richter.

»Sicher nicht billig, das Land«, tastete ich mich vor.

»In unserer Gegend hier im statistischen Schnitt um die siebzehntausend pro Hektar«, erklärte Richter. »Kann aber auch das Doppelte oder noch mehr sein. Das hängt vom Boden ab und von der Lage.«

»Woher hatte Huber das Geld? Ging's ihm so gut?«

Richter zuckte mit den Schultern.

»Vielleicht im Lotto gewonnen? Ich weiß es nicht. Und darüber reden konnte man mit ihm nicht.«

»Seid ihr euch da nicht in die Quere gekommen?«, fragte ich. »Was Huber gekauft hat, konntet ihr ja nicht mehr pachten.«

»Ich habe mich schon ab und zu geärgert über ihn«, gab Richter zu. »Da hast du dich mit einem Nachbarn geeinigt über die Pacht, und plötzlich sagt er dir, dass der Fritz es gekauft hat. Was willst du da machen? Überbieten? So viel wirft der Hof nicht ab, und Schulden haben wir schon genug. Ging übrigens nicht nur mir so, anderen auch.«

Jetzt verstand ich einige der Andeutungen, die ich gehört hatte. Die Großbauern im Dorf mussten mächtig sauer sein auf Huber.

»Aber gut, so ist das halt«, fuhr Richter fort. »Damit musst du dich abfinden. Und man muss ja nicht nur quantitativ wachsen, sondern auch qualitativ. Schau mal, in diesem Jahr hat ja mein Sohn übernommen …«

»Ihr habt schon abgegeben?«, fragte ich überrascht. Normalerweise wurde der Hof erst dann an die nächste Generation überschrieben, wenn der Alte keinen Finger mehr rühren konnte.

»Na ja«, sagte Richter, »leichtgefallen ist mir das nicht. Aber der Junge hat schon recht. Was will man von den Kindern erwarten, wenn sie nicht selbst bestimmen können für ihre Zukunft?«

»Dann seid ihr jetzt also Austrägler?«, fragte ich.

Richter lachte schallend.

»So weit ist es noch lange nicht! Aber jetzt kann der Junge seine Ideen durchsetzen. Er will umstellen auf Bio-Anbau, macht gerade ein Seminar dafür. Und das soll erst der Anfang sein. Er hat einen Haufen Ideen, der Junge, und ganz gute. Du musst heute kreativ sein, wenn du überleben willst. Meine Unterstützung hat er.«

»Wie stand es bei den Hubers mit der Übergabe?« Ich musste langsam wieder auf den eigentlichen Zweck meines Besuches kommen. Das war nicht so einfach, weil Richter mir dauernd Most nachschenkte. Und ich war zu schwach, um dagegen zu protestieren.

»Übergeben? An den Gerd? Gott im Himmel, nein! Aus dem wird nie im Leben ein richtiger Bauer! Der hot lauder Daume an sere Hend.«

Zwei linke Hände hatte er also auch noch. Fechner hatte ihn ja schon beschrieben als einen, der die Arbeit nicht erfunden hatte.

»Sah das Fritz Huber genauso?«

Richter zögerte mit der Antwort.

»Ich glaube, er hat lange nicht wahrhaben wollen, was andere schon länger gesehen haben.«

Er schenkte sich abermals nach und schaute mich fragend an. Aber diesmal blieb ich standhaft und wehrte ab.

Längere Zeit sagte er nichts, und ich hatte das unbestimmte Gefühl, dass ich besser den Mund halten sollte.

»Es ist schon traurig, wenn sich die Kinder nicht als das herausstellen, was man sich von ihnen erwartet hat«, sagte er schließlich. »Wofür leben wir denn, wenn nicht für unsere Kinder?«

»War Huber irgendwie anders in letzter Zeit?«

»Er war noch verschlossener als sonst. Wer weiß, was in seinem Kopf vor sich ging.«

Was in meinem Kopf vor sich ging, merkte ich sofort, als ich wieder draußen im Freien war. Ich hätte es eigentlich besser wissen müssen. Most ist ein heimtückisches Getränk. Man merkt nichts, solange man sitzt. Aber frische Luft ist wie ein Hammer.

Ich stieg in meinen Wagen, suchte mir den nächsten Feldweg und hoffte nur, dass mir nicht ausgerechnet jetzt eine Polizeistreife über den Weg laufen würde.

Ein Porsche ist nicht gerade das ideale Gefährt für einen Mittagsschlaf. Aber mit ausreichend Most im Kopf geht irgendwie alles.

Danach brachte mich ein kräftiger Spaziergang schnell wieder auf die Beine. Glücklicherweise regnete es nicht mehr. Und dann wurde es Zeit für meinen zweiten Besuch bei den Hubers.

Anita Huber war eine kleine Frau, höchstens eins fünfundsechzig groß, und hatte sich für ihre fünfzig Jahre gut gehalten. Sie war schlank geblieben und wäre auch heute noch ganz hübsch gewesen, wäre da nicht dieser verbitterte Zug um ihren Mund. Was war da falsch gelaufen in ihrem Leben, dass aus einem jungen, lebensfrohen Mädchen eine solch unscheinbare Frau geworden war? Aus ihren Augen war aller Glanz verschwunden.

Ihr Mann hatte sie nur wenig überragt. Auch er war schlank gewesen, von dieser zähen Sehnigkeit, wie man sie oft bei Bauern findet und die darüber hinwegtäuscht, welche Kraft in einem solchen Körper steckt.

Bei ihrem Sohn mussten die Gene ganz schön durcheinandergewirbelt worden sein. Irgendeine Ähnlichkeit mit seinen Eltern war auf den ersten Blick nicht festzustellen.

Gerd war groß und massig. Ein Klotz von einem Mann. Aber er wirkte schwammig, seine Masse bestand nicht nur aus Muskeln. Ich überlegte, ob ich es mit ihm aufnehmen könnte, schließlich war ich auch kein Hauch im Wind. Ich wollte es lieber nicht darauf ankommen lassen.

Er führte jetzt das Wort. Die Maulfaulheit vom letzten Mal war wie weggeblasen. Hatte ihn am Dienstag der Schock sprachlos gemacht? Ich wusste es nicht, dazu kannte ich ihn zu wenig. Ich hatte ihn in der Vergangenheit nur selten gesehen und kaum mit ihm gesprochen.

Er war nicht gerade freundlich. Natürlich war mein Rundgang durchs Dorf nicht unbemerkt geblieben. Aber er fragte nicht direkt danach.

»So, hend sich d'Leit s'Maul zerrisse«, sagte er nur. Was sollte ich darauf sagen? Er wusste es ohnehin.

Ich konnte mir vorstellen, dass er ziemliche Schwierigkeiten haben würde, den ganzen Buchhaltungs- und Verwaltungskram in den Griff zu kriegen. Darauf baute meine Taktik.

Der alte Huber war keiner gewesen, der sein Herrschaftswissen mit jemandem teilte. Bei unseren Gesprächen hatte er die Familie immer hinausgeschickt. Gerd wusste wahrscheinlich nicht einmal, wie viel Geld auf dem Konto war.

Das wollte ich mir zunutze machen. Ich bot den beiden an, die Unterlagen Fritz Hubers durchzusehen.

»Wozu?«, fragte Gerd barsch. »Das geht Sie gar nichts an.«

»Vielleicht gibt es noch andere Versicherungen, die jetzt fällig werden.«

»Müssten Sie doch wissen.«

»Ihr Vater kann auch bei anderen Gesellschaften Verträge abgeschlossen haben, von denen ich nichts weiß.«

»Die werden sich schon melden.«

»Tun sie leider nicht. Sie müssen Ihre Ansprüche anmelden.«

»Was soll es da schon geben? Er hat doch schon genug gezahlt an Sie.«

»Ich habe ihm immer zu einer Unfallversicherung geraten, aber er wollte nichts davon wissen. Ich vermute, er hatte schon eine.«

Die Aussicht auf mehr Geld ließ seinen Widerstand sichtlich schwinden. Aber er zierte sich noch ein wenig, schließlich musste er zeigen, wer jetzt der Herr im Hause war. Die Rolle musste er noch ein wenig üben, aber für den Anfang machte er es nicht schlecht. Herrisch war er schon mal.

»Und hinterher kriege ich eine dicke Rechnung von Ihnen, was?«

»Ich bitte Sie, Herr Huber! Das gehört zum Kundenservice. Ich habe schließlich auch ein Interesse daran, dass alles zu Ihrer Zufriedenheit geregelt wird.«

Blabla. Ich wurde nicht schlau aus ihm. Nach den Schilderungen der wohlmeinenden Nachbarn war er, wie man hierzulande sagen würde, arbeitsscheu und g'fräßig. Auf mich wirkte er wie eine träge Masse, die nur langsam in Schwung kam. Er gab sich ruppig und aggressiv. Ein junger Mann, der noch keine Gelegenheit gehabt hatte, sich selbst zu finden. Wie kam er zu dieser eleganten Frau, mit der ich ihn in Hall gesehen hatte?

Es ging noch eine Weile hin und her. Den Ausschlag gab schließlich seine Mutter.

»Gerd, das ist doch nett von dem Herrn, dass er uns helfen will. Wir verstehen doch nichts davon.«

Allerdings. Sonst hätten sie mir meine dünnen Ausreden nicht abgenommen.

Das Hubersche Anwesen war ein altes Fachwerkhaus, wie es typisch für diese Gegend ist. Die eine Hälfte des Gebäudes war früher die Scheune gewesen, in der anderen Hälfte hatte sich unten der Stall befunden, darüber die Stuben; der Stall heizte mit. Das große Dachgeschoss, das sich über drei Stockwerke zog, war der Speicher.

Ein »Pfarrer-Mayer-Haus«, wie man das hier nannte, weil ein Pfarrer Mayer aus Kupferzell siebzehnhundertirgendwann diesen Haustyp propagiert hatte. Da hatte die Kanzel mal für was Verdienstvolles hergehalten.

Schon Fritz Hubers Großvater hatte umgebaut, eine

eigene Scheune mit Stall errichtet und das Fachwerkhaus ganz als Wohngebäude genutzt. Ausreichend Platz für die Großfamilie, wie sie damals üblich war: mehrere Generationen unter einem Dach.

Und Huber hatte sein Haus instand gehalten. Es war bestens in Schuss. Wenn man einen potenten Käufer fand, lief das unter »Liebhaberobjekt«. Die Blümchentapete und den PVC-Boden würde er allerdings schnellstens ersetzen.

Im ersten Stock hatte sich Huber ein Arbeitszimmer eingerichtet. Platz genug war ja im Haus.

»Der Vater hat hier immer abgeschlossen gehabt«, sagte die Huber-Bäuerin. Das hatte ich von diesem Geheimniskrämer auch nicht anders erwartet. Jetzt war offen.

Das Mobiliar war sperrmüllwürdig. Ein alter Aktenschrank, ein abgeschabter Schreibtisch mit Schubladen links und rechts, ein wackliger Stuhl. Aber ein Computer mit neuestem Flachbildschirm und Farbdrucker. Fritz Huber hatte Prioritäten zu setzen gewusst. Oder war das dem Sohn zu verdanken?

»Ihrer?«, fragte ich und deutete auf den Computer.

Er schüttelte den Kopf. »Dem Vater seiner. Ich habe meinen eigenen.«

Auf dem Schreibtisch stapelten sich Papiere. Es war ein rechtes Durcheinander. Hatte da schon jemand gewühlt?

Ich seufzte übertrieben theatralisch.

»Oje, das wird eine Zeit lang dauern, bis ich das alles gesichtet habe!«

Anita Huber schaute entsetzt, Gerd Huber misstrauisch.

»Wissen Sie was«, sagte ich. »Ich verschaffe mir erst einmal in aller Ruhe einen Überblick. Und dann können wir alles gemeinsam durchgehen.«

Es klappte. Ich hatte meinen Besuch nicht umsonst kurz vor die Stallzeit gelegt. Mutter und Sohn Huber gingen Kühe melken.

Ich brauchte etwas Zeit. Schließlich wusste ich gar nicht, wonach ich überhaupt suchen sollte.

Ich fuhr den PC hoch. Passwortgeschützt. Das sollte eigentlich kein Problem sein, aber die Tools dafür hatte ich nicht dabei.

Der Aktenschrank war abgeschlossen. Doch so ein altes Ding war leicht zu knacken.

Ich begann mit einer Schnelldurchsicht der Ordner. Alles schien säuberlich abgeheftet: der EU-Formularkrieg, Kontoauszüge, Steuererklärungen, Versicherungen ... Wie ich geahnt hatte, gab es eine Unfallversicherung. Sie brachte nicht viel, aber immerhin. Ich versteckte die Police unter den anderen Papieren. Sie war meine Eintrittskarte in Hubers Büro.

Ein Blick in die Kontoauszüge. Huber war nicht reich, aber hatte sein Auskommen gehabt. Nichts Auffälliges beim raschen Durchblättern. Zur gründlichen Sichtung fehlte jetzt die Zeit.

Die Steuerunterlagen. Huber hatte bestimmt nicht jedes Schwein angegeben, das er verkauft hatte, aber die Grundstückskäufe müssten dokumentiert sein, die ließen sich nicht verbergen.

Allmählich ergab sich ein Bild. Und ich war verblüfft.

Fritz Huber hatte systematisch Land aufgekauft. Gut, das wusste jeder. Aber keiner ahnte wahrscheinlich, dass er das Land mit einem kleinen Aufschlag weiterverkauft hatte an eine Agrorum AG. Ansässig in Ilshofen.

Agrorum AG? Nie gehört.

Der Weiterverkauf erklärte wenigstens, woher er das Geld für andere Transaktionen hatte. Aber warum machte er das?

Diese Geschäfte musste ich mir genauer anschauen.

Unten hörte ich Schritte. Schnell stopfte ich alles wieder in den Aktenschrank, setzte mich an den Schreibtisch, blätterte in den Papieren und tat beschäftigt.

Es war die Mutter.

»Tja, Frau Huber«, sagte ich, »leider habe ich noch nichts gefunden.«

»Ich kenne mich mit dem Papierkram auch nicht aus«, sagte sie hilflos, »das hat immer alles der Vater gemacht.«

»Das macht doch nichts«, sagte ich freundlich. »Ich kümmere mich schon darum. Ich werde auch mal bei den Kollegen rumfragen. Und in den nächsten Tagen suchen wir noch mal gemeinsam.«

»Das ist aber wirklich nett von Ihnen«, sagte Anita Huber.

»Aber Frau Huber, das mache ich doch gerne. In dieser schweren Stunde ...«

Ich wurde aus der Frau nicht schlau. Dem Blick nach, den sie mir zuwarf, glaubten wir beide nicht an meine Nettigkeit.

Gerade als ich in mein Auto steigen wollte, kam Gerd Huber aus dem Stall. Er hatte eine Mistgabel in der Hand und baute sich vor mir auf.

Er bemühte sich nicht mal, nett zu sein.

»Und? Was gefunden?«, blaffte er mich an.

»Leider noch nicht«, sagte ich freundlich lächelnd. »Die Unterlagen sind etwas chaotisch.«

»Dann lassen Sie's. Ich komme schon selber zurecht.«

»Aber Herr Huber«, erwiderte ich, »es macht mir doch keine Umstände, ich ...«

Er unterbrach mich.

»Was schnüffeln Sie eigentlich hier herum? In Sachen, die Sie nichts angehen?«

»Es geht immerhin um die Lebensversicherung Ihres Vaters.«

Offenbar hatte er beim Melken und Misten nachgedacht. Vielleicht war er nicht der Schnellste, aber dumm war er nicht.

»Schicken Sie mir alle Unterlagen, die nötig sind, und damit basta«, herrschte er mich an.

»Haben Sie eigentlich gewusst, dass Ihr Vater Grundstücke verkauft hat?«

Er schwieg. Er hatte es gewusst. Wäre er überrascht gewesen, hätte man ihm das angemerkt. Er war kein guter Schauspieler.

»Was hat er mit dem Erlös gemacht?«

Er trat einen Schritt auf mich zu. Die Spitze der Mistgabel zeigte auf meinen Bauch.

»Ich will Sie auf meinem Hof nicht mehr sehen! Haben Sie das kapiert, Herr ... Herr ...«

»Dillinger«, sagte ich automatisch.

Die Mistgabel war ein überzeugendes Argument.

Gut gemacht, Dillinger.

Es war dunkel mittlerweile. Das Dorf lag in friedlichem Halbschlaf. Einige Fenster waren erleuchtet, die meisten verrammelt. Hie und da das Zucken des Fernsehers.

Eine Kuh schrie, eine andere antwortete. Zwei Katzen balzten lautstark. Muss Liebe schön sein! Wie es sich anhörte, ging es um Leben und Tod.

Das erinnerte mich an Helena. Eigentlich hatten wir einen gemütlichen Abend verbringen wollen, mit einem Dinner bei mir. Ich schaltete mein Handy ein. Natürlich, Helena hatte eine SMS geschickt. Kaum zu glauben, wie beleidigt man sich in einhundertsechzig Zeichen ausdrücken konnte. Ich simste zurück. *Tut mir leid, zu viel Arbeit.* Dann stellte ich das Handy wieder ab. Ich hatte jetzt keinen Kopf für die Art von Problemen.

Ich fuhr die Cröffelbacher Steige hinab. An einem Feldweg hielt ich an und stieg aus. Es war fast wolkenlos und kalt geworden.

Ich setzte mich auf einen Stein und schaute in den Himmel. Um mich die tiefschwarze Nacht, nirgendwo Straßenlampen. Einzelne Sterne blinkten.

Je länger ich schaute, desto mehr begann der Himmel zu glitzern. Ich verstehe nichts von Sternbildern. Mit Mühe konnte ich den Großen Wagen ausmachen und versuchte mich zu erinnern, wie man daraus den Polarstern ableitet.

Fritz Huber war also nicht sonderlich gut gelitten im Dorf. Er war eigenbrötlerisch. Er war nicht bei der Feuerwehr, er ging nicht in die Kirche, er war nicht mal beim jährlichen Dorffest dabei – entzog sich mithin allen sozialen Brennpunkten des Dorflebens.

Außerdem gab es da noch etwas mit den Hubers, das ich nicht fassen konnte.

Meine Augen hatten sich an die Dunkelheit gewöhnt. Immer mehr Sterne traten hervor. Ich entdeckte die Milchstraße.

Einige hatten angedeutet, dass sie sich über die Grundstückskäufe Hubers geärgert hatten. Er hatte ihre Notlage ausgenutzt. Aber der Ärger galt letztlich nicht Huber, sondern ihnen selbst. Sie waren die Verlierer im globalen Spiel der Agrarwirtschaft. Vielleicht war Huber nur der bessere Geschäftsmann gewesen, mit dem nötigen Maß an Skrupellosigkeit. Auch in der Landwirtschaft herrschte heutzutage Ellenbogenkapitalismus.

Die Idylle solcher Dörfer wie Hohenberg täuscht. Der Strukturwandel macht auch vor diesen Flecken nicht halt. Es gibt nur noch ein paar Vollerwerbslandwirte, die meisten gehen arbeiten und kümmern sich abends und an den Wochenenden um ihr bisschen Land und die paar Stück Vieh.

Ein anstrengendes Hobby, trotz aller Mechanisierung. Und wenn die Alten eines Tages nicht mehr können, wird die Landwirtschaft ganz schnell aufgegeben. Kaum einer von den Jungen ist bereit, die Freizeit im Stall zu verbringen und den Urlaub für die Heuernte zu opfern.

Das Land wird verpachtet oder verkauft, das Bauernhaus umgebaut und vermietet, und irgendwann kommt der Tag, da sich einer der neu Zugezogenen aus der Stadt beschwert über den Hahn, der morgens kräht, und den Mist, der auf der Straße liegt. So hat man sich das romantische Landleben nicht vorgestellt.

Noch war es nicht so weit in Hohenberg. Der Rückzug der Kleinbauern war die Chance für die anderen. Wer durchhielt und womöglich gar den Nachwuchs für diesen Beruf begeistern konnte, erweiterte sein Land Zug um Zug zu einer rentablen Größe.

Aber Fritz Huber hatte nicht erweitert. Er hatte zwar gekauft, aber auch verkauft.

Ich sah immer mehr Sterne. Was anfänglich wie hingepinselt schien, nahm Konturen an und weitete sich ins Dreidimensionale. Ich folgte Stern um Stern.

Es war ein Blick in die Unendlichkeit des Universums.

Aber wenn Gerd Huber geglaubt hatte, er könnte mich einschüchtern, dann hatte er sich getäuscht.

Jetzt war ich erst recht neugierig geworden.

Ich stellte meinen Wagen ins Parkhaus und ging hinüber in die Katharinenvorstadt. Noch bevor ich die Klingel gedrückt hatte, ging die Türe auf. Rolf Kramer kam mir freudestrahlend entgegen.

»Hast du das gesehen?«, strahlte er mich an. »Es funktioniert!«

Wie immer schwarz gekleidet, eine Baseballkappe auf dem Kopf. Im bleichen Gesicht ein aschblondes Ziegenbärtchen.

Er erging sich in weitschweifenden Erklärungen, von denen ich nur so viel verstand, dass ich von mehreren Kameras beobachtet und mein Konterfei mit gespeicherten Bildern verglichen wurde, worauf sich die Türe automatisch öffnete, wenn sich eine positive Übereinstimmung ergab.

Rolf machte so was nur zum Spaß.

Ich folgte ihm in sein Labor. Das Zimmer war vollgestopft mit Computern, Monitoren und anderen Gerätschaften, deren Zweck mir rätselhaft blieb. Es sah chaotisch aus.

Sein offizielles Geld verdiente Rolf mit Programmieraufträgen für verschiedene Unternehmen. In der Hauptsache jedoch war er unter dem Nickname BigLebowski in den Tiefen des Netzes unterwegs, der genialste Hacker in weitem Umkreis, geachtetes Mitglied im Chaos Computer Club. Seit einem Motorradunfall saß er im Rollstuhl. Das Web war die Welt, die nicht durch steile Treppen und hohe Bordsteinkanten eingeengt wurde.

»In Ilshofen gibt es eine Firma namens Agrorum AG«, sagte ich. »Kannst du mir Informationen darüber beschaffen?«

»Oh-oh«, machte Rolf. »Börsennotiert?«

»Keine Ahnung.«

»Kein Problem. Was willst du wissen?«

»Alles.«

»Kein Problem. Bis wann?«

»Morgen früh?«

»Kein Problem.«

Wenn es nicht um technische Tüfteleien oder knifflige Programmierprobleme ging, war Rolf eher maulfaul.

Freitag - - - - - - - - - - - - - - - - - -

Was Rolf herausgefunden hatte, lag wie versprochen am Morgen in meinem Postfach. Rolf war wirklich gründlich gewesen. Natürlich hätte ich auch selber recherchieren können. Aber wozu für etwas bezahlen, das Rolf mir umsonst lieferte? Ein Abendessen hin und wieder konnte man ja nicht wirklich als Bezahlung bezeichnen.

Die Agrorum AG also. Sie war nicht an der Börse notiert und war vor ungefähr drei Jahren von dem Diplom-Verwaltungswirt Harald Weniger gegründet worden. Das Stammkapital betrug das übliche Minimum von fünfzigtausend Euro.

Das Unternehmen hatte sich zum Ziel gesetzt, wenn man aus dem Wortgeklingel das Wesentliche destillierte, die landwirtschaftliche Struktur zu erhalten, zu fördern und vor Zersiedelung zu bewahren. Zu diesem Zweck wollte man Flächen, die nicht mehr bewirtschaftet wurden, pachten oder kaufen und sie einer »erneuten Nutzung zuführen«, wie es hieß. Ich stellte mir das wörtlich vor, diese Zuführung: auf einem großen Lastwagen?

Der Aufsichtsrat, der diese Geschäfte zu kontrollieren hatte, bestand aus dem ehemaligen Vorsitzenden einer Volksbank und zwei Landwirten aus dem Kreis.

Das klang ja alles recht honorig. Geradezu selbstlos. Und wo blieb da der Profit?

Der alleinige Gründer und Inhaber Harald Weniger, der nach wie vor als Vorstand amtierte, besaß mittlerweile nur noch zehn Prozent der Anteile. Den Rest hatte er an verschiedene Gesellschaften mit ominösen Namen verkauft. Im Zuge von einigen Kapitalerhöhungen war das Stammkapital unterdessen auf eine satte halbe Million angewachsen.

Eine nette, runde Summe. Vor dem Teuro wäre das eine Million gewesen. Das klang noch viel netter.

Andererseits, so viel war das auch wieder nicht. Dafür konnte man gerade mal dreißig Hektar kaufen, wenn man den Durchschnittspreis zugrunde legte. Und was sind schon dreißig Hektar?

Rolf war ein kluges Kerlchen und hatte sich auch über die Gesellschaften schlau gemacht, die jetzt über die Aktienmehrheit verfügten. Und hier kam die eigentliche Überraschung. Die Spuren führten immer zu einem gewissen Horst Deyhle, der alle diese Gesellschaften allein oder mehrheitlich oder über Beteiligungen anderer Unternehmen besaß.

Horst Deyhle! Den kannte ich allerdings.

Eingeweihte wussten, wo Helmar Haag morgens anzutreffen war. Der massige Lokalredakteur saß im Eiscafé »Simonetti«, trank einen Cappuccino, zwirbelte seinen Schnurrbart, rauchte seine Pfeife, solange das in der Öffentlichkeit noch erlaubt war, las im eigenen Blatt und grummelte vor sich hin.

»Muss doch herrlich sein, wenn man sich an seinen eigenen Storys aufgeilen kann«, sagte ich.

»Von wegen! Ich lese den Mist meiner jungen Kollegen.«

»Wieso? Was hat denn dein Chefredakteur wieder geschrieben?«, fragte ich unschuldig.

Er lachte. »Jeden Mist muss ich ja auch nicht lesen.«

Nachdem der alte Chef einem Herzinfarkt erlegen war, mit Sinn für Dramatik ausgerechnet während einer Gemeinderatssitzung, hatte Haag den Job kommissarisch ein halbes Jahr lang getan. Vielleicht hatte er sich sogar Hoffnungen auf den Posten gemacht. Dann hatte man ihm jedoch einen Jungdynamiker von ziemlich weit auswärts vor die Nase gesetzt, der immer noch nicht kapierte, dass die Hohenloher Bauern einen Traktor meinten, wenn sie von einem »Bulldog« sprachen. Die beiden kamen nicht gut miteinander aus.

Aber Helmar Haag hatte sich mit der Situation abgefunden und nutzte sie zu seinem Vorteil. Was bedeutete, dass er im Grunde machen konnte, was er wollte. Als altes Schlachtross in der Lokalredaktion kannte er alles und jeden, konnte mit den Bauern ebenso umgehen wie mit den Bürgermeistern, hatte schon zwei Journalistenpreise gewonnen und war daher unverzichtbar für seinen Chefredakteur.

Er schob keineswegs schmollend eine ruhige Kugel, dafür war er viel zu sehr Journalist aus Leidenschaft. Aber er suchte sich seine Themen aus. Die Ödnis des Tagesgeschäftes gehörte nicht dazu.

»Du bist aber nicht nur gekommen, um mich zu ärgern, oder?«, fragte er mich durch seine Zeitung hindurch.

»Horst Deyhle und die Improvit«, sagte ich. »Klingelt da was?«

Immerhin schaffte ich es, dass er seine Zeitung beiseitelegte.

»Aalglatter Bursche. Reichst du ihm einen Finger, nimmt er die ganze Hand. Hat er die Hand, zieht er dich über den Tisch.«

»Erfolgreich?«

»Tut wenigstens so.«

»Was macht er eigentlich genau?«

»Hast du nicht seinen hochglänzenden Firmenprospekt gelesen? Oder seine tolle Homepage?«

Ich winkte ab. Natürlich hatte ich. »Du bist der Mann für die Geschichten hinter der Geschichte.«

Er nuckelte an seiner Pfeife und dachte kurz nach.

»Er hat ein Firmengeflecht aufgebaut, das wahrscheinlich nur noch sein Steuerberater durchschaut. Ich jedenfalls nicht. Das sind teils abhängige Gesellschaften, teils selbstständige. Und es gibt bestimmt auch noch etliche Firmen, die er kontrolliert, von denen wir aber gar nichts wissen.«

»Wozu das alles – abgesehen von den steuerlichen Aspekten?«

»Er engagiert sich vor allem in Neubaugebieten. Da gibt's ja einiges zu tun, bis dein Häuschen endlich steht: das Gebiet vermessen, Straßen bauen, Leitungen verlegen, Käufer suchen, bauen ...«

»Und das macht alles er?«

»Vieles davon. Für die Gemeinden ist das bestechend: Komplettservice aus einer Hand. Die müssen sich um nichts kümmern.«

»Gibt's da nicht so was wie Ausschreibungen?«

»Auf wundersame Weise ist er unterm Strich im Gesamtpaket meistens billiger. Und ich nehme an, die paar Fälle, wo er danebenlag, waren rein taktischer Natur. Wenn immer nur er gewinnen würde, hätte das doch ein Gschmäckle.«

»Sagtest du nicht was von bestechend?«

»Ich meinte eigentlich die Geschäftsidee.«

»Hältst du es für möglich, dass er wirklich Scheinchen rüberschiebt? Und sei's nur, um zu erfahren, wo die anderen Angebote liegen?«

»Wenn du dafür Beweise hättest ...«

Ich insistierte: »Aber möglich wäre es doch?«

»Möglich? Möglich ist alles. Nenn mir einen in diesem Geschäft, der wirklich sauber ist.«

»Er hat sich wohl hier ziemlich breitgemacht.«

»Er ist vor ein paar Jahren hier aufgetaucht und schnell gewachsen. Das ist ja ohnehin ein harter Wettbewerb in diesem Gewerbe. Ein paar kleinere Betriebe haben schon aufgeben müssen, weil sie nicht mehr zum Zuge kamen.«

»Weil immer Deyhle gewonnen hat?«

»Ich sehe seine Taktik so: Er wirft mit Dumpingpreisen die anderen raus, und wenn nur noch wenige Anbieter übrig sind, kann man ja bei einem netten Essen bereden, wie man sich den Markt untereinander aufteilt.«

»Kauft er auch Grundstücke?«

Er schüttelte den Kopf.

»Eher nicht. Es sei denn, er baut ein Haus mit Mietwohnungen. Bei Reihenhäuschen hat das keinen Sinn. Er müsste ja zu höheren Preisen weiterverkaufen, damit es sich für ihn lohnt. Da schieben die Gemeinden einen Riegel vor. Die wollen ja Familien mit billigen Grundstücken anlocken.«

»Schon mal was von einer Agrorum AG gehört? Aus Ilshofen?«

Haag schüttelte den Kopf.

»Nein. Was macht die?«

»Sie sorgt dafür, dass Flächen, die sonst brachliegen würden, weitergenutzt werden. Kauft sie auf, verpachtet sie, verkauft sie weiter.«

»Wie nett von ihr. Und?«

»De facto gehört die Agrorum AG unserem Freund Deyhle.«

Haag setzte sich ruckartig auf.

»Raffiniert. So kommt Deyhle also zu Grundstücken, die noch kein Bauland sind.«

»Warum dieser Umweg? Das kostet doch alles zusätzliches Geld. Warum kauft er nicht direkt?«

Haag überlegte, was mit heftigem Rauchausstoß einherging, und setzte dann zu einer seiner gefürchteten Erklärungen an.

»Dafür dürfte es mehrere Gründe geben. Zunächst einmal: Du kannst landwirtschaftliche Nutzfläche nicht einfach so verkaufen. Das muss vom Landwirtschaftsamt genehmigt werden. Die würden ihm das zwar nicht verweigern, nur weil er Bauunternehmer ist. Schließlich sind wir ein freies Land, und du kannst mit deinem Eigentum machen, was du willst. Er hätte nur dann das Nachsehen, wenn ein Landwirt sich ebenfalls für dieses Stück interessiert. Dann hat der Bauer Vorrang vor dem Bauunternehmer.«

»Er könnte den Bauern ja überbieten«, warf ich ein.

»Nicht unbedingt. In dem Fall geht er das Risiko einer Ablehnung ein. Das Landwirtschaftsamt achtet auch darauf, dass Wert und Preis zusammenpassen. Um eben das zu verhindern, was Deyhle möglicherweise vorhat: Spekulationsgewinn.«

Haag stocherte in seiner Pfeife und orderte einen neuen Cappuccino. Er war noch lange nicht fertig.

»Und jetzt kommt die Hauptsache. Da sind ja immer noch die Verkäufer, also die Bauern, die er überzeugen muss. Vergiss nicht, dass er hier vor allem als Bauunternehmer bekannt ist, und als skrupelloser obendrein. Keiner nimmt ihm den landwirtschaftlichen Wohltäter ab.«

»Das heißt, wenn Deyhle direkt kauft, wittert jeder künftiges Bauland und hält die Hand auf.«

»Würdest du's anders machen?«

»Deshalb kommt er durch die Hintertür und benutzt die Agrorum AG als Tarnschild.«

»Richtig. Niemand bringt ihn damit in Verbindung. Ich habe es ja auch nicht gewusst.«

Haag schaute mich misstrauisch an.

»Woher hast du überhaupt diese Infos?«

Ich lächelte zurück und schwieg.

Haag dachte nach.

»Ich kenne einen Fall, da hat Deyhle gekauft«, sagte er schließlich. »Über eine seiner Tarnfirmen natürlich, solange das Baugebiet noch gar nicht akut war. Und dann stiegen die Preise rapide. Dürfte ein gutes Geschäft gewesen sein. Und es hat böses Blut gegeben.«

»Warum liest man darüber nichts im ›Haller Kurier‹?«

Er zuckte mit den Achseln. »Keine Story. Das ist ja nicht verboten. Auch das nicht, was er mit der Agrorum AG macht. Nur äußerst riskant. Lange Kapitalbindung. Und wenn's nichts wird mit dem Baugebiet, ist er am Arsch.«

»Wie kann er so überleben? Woher hat er das Geld?«

»Wenn du das herausfindest, darfst du dir was wünschen. Und ich werde nicht knauserig sein.«

»Werfen seine Firmen so viel ab?«

»Bin ich sein Steuerberater? Woher soll ich das wissen? Aber ich kann's mir nicht vorstellen. Wenn einer fast immer der Billigste ist ...«

»Woher also?«

»Er sucht ja laufend Investoren und scheint sie bisher auch gefunden zu haben.«

»Die neuesten Investitionsmodelle für die Schwarzgeldkassen?«

»Ich würde ihm keinen Cent geben.«

»Wackelt er?«

»Nicht dass ich wüsste. Wenigstens nicht sichtbar. Aber seine Zeit wird kommen. Das hier ist Krisengebiet.«

»Wenn ich mir anschaue, wie sich auch die kleinsten Gemeinden immer mehr ausdehnen, scheint mir das eher eine Goldgrube zu sein.«

»Die Gemeinden sind geradezu versessen darauf, immer mehr Neubaugebiete auszuweisen. Die erhöhen die Einwohnerzahl und bringen deshalb mehr Geld in die Kasse, mehr Einwohner locken Einzelhändler, Supermärkte oder Handwerker an, das gibt wiederum mehr Gewerbesteuer und so weiter.«

»Ein lukrativer Kreislauf.«

»Hat ja bisher auch gut funktioniert. Bei uns auf dem Land ist Bauland billig und das Bauen auch, die Lebenshaltungskosten sind niedrig – so kannst du dir deinen Traum vom Häuschen im Grünen verwirklichen.«

»Und wo ist dann das Problem?«

»Die Leute kommen nur hierher, wenn es Arbeitsplätze gibt, und die werden immer weniger – schau dir doch die vielen Firmenpleiten an. Ich weiß von etlichen Gemeinden, die ihre geplanten Neubaugebiete vorerst mal auf die lange Bank geschoben haben.«

»Könnte es sein, dass unser Freund Deyhle in der Klemme steckt?«

Haag war ein gutmütiger Kerl, aber er hatte eine Nase für heiße Geschichten. Er sah mich prüfend an.

»Was weißt du, was ich nicht weiß?«

Ich schüttelte den Kopf. »Noch nichts.«

»Aber ich bin der Erste, in Ordnung?«

Ich lachte. »Wie auch anders – bei einer Monopolzeitung.«

Er grinste mich an. »Denk auch an das Monopol *in* der Zeitung.«

Ich grinste zurück. Auch ich konnte seinen Chefredakteur nicht leiden.

Wenig später schlenderte ich zurück ins Büro. Wetterwendischer Herbst. Heute schien mal wieder die Sonne. Die Tische vor den Cafés und Kneipen bevölkerten sich allmählich.

Vor dem »Salzwerk« saß der kleine dicke Berger und turtelte mit einer Frau. Das Mädchen war eine Wucht. Ich wusste gar nicht, dass es so hübsche Frauen gab in Hall, dabei hatte ich doch eigentlich den Überblick.

Berger sah mich und grinste mir zu. So richtig dreckig.

Was hatte Berger, dieser Halbdackel, mitten am Tag hier zu suchen? Und mit solch einer Frau? Ich dachte an Helena, und irgendwie ärgerte ich mich.

Die Agrorum AG hatte sich in Ilshofen neben der Kirche eingerichtet und direkt gegenüber vom Bauernverband.

Mal sehen, wie überzeugend ich den unbedarften Verkaufswilligen spielen konnte.

Ein gepflegtes älteres Haus mit einem unscheinbaren Firmenschild. Die Agrorum AG wollte offensichtlich nicht viel Aufhebens um sich machen.

Dieser Eindruck setzte sich in den Geschäftsräumen fort. Sie sahen aus, als seien sie mal eine Arztpraxis gewesen, die man nur notdürftig vom allzu Antiseptischen befreit hatte. Alles wirkte solide und eher bieder.

Genauso wie das Mädchen hinterm Empfangstresen. Die junge Dame war pummelig, hätte bestimmt keinen Wettbewerb um die Miss Ilshofen gewonnen, und auch der Kampf mit dem Make-up war eher zu ihren Ungunsten ausgefallen.

»Ja, das ist aber gerade schlecht«, sagte sie, als ich ihr eröffnet hatte, dass ich einige Grundstücke zu verkaufen gedachte. »Der Herr Weniger ist jetzt nicht da.«

Hilflos schaute sie mich an.

»Dann warte ich eben, bis er wiederkommt«, half ich ihr. »Wird's denn lange dauern?«

»Das weiß ich auch nicht«, sagte sie.

Von moderner Kundenbetreuung hatte man bei der Agrorum AG offenbar noch nichts gehört. Irgendwie auch tröstlich, dass man nicht überall mit dem stereotypen »Kann ich Ihnen behilflich sein?« oder »Ich bin immer für Sie da« belabert wurde.

Ich versuchte, ein bisschen Konversation zu machen. Es war mühsam. Immerhin erfuhr ich, dass das Mädchen aus Ilshofen stammte, erst seit sechs Wochen hier arbeitete, weil ihre Vorgängerin, die sie im Übrigen nicht kannte, kurzfristig gekündigt hatte, und dass sie für Tokio Hotel schwärmte. Von denen hatte ich schon mal gehört, aber ich glaubte nicht, dass mir die Musik gefallen hätte. Bei Helena war das wahrscheinlich anders.

Endlich kam der Herr Weniger. Ein Mann in den Vierzigern, rundlich, mit schütterem Haar und schlecht sitzendem Anzug von der Stange. Freundlich, aber nicht beflissen. Er sprach Hohenloher Dialekt in seiner gemäßigten Form. Ich legte meinen Zungenschlag etwas breiter an, damit er mir meine Geschichte abnahm.

»Ja«, sagte ich, »jetzt ist ja nun der Opa gestorben ...«

»Mein Beileid«, unterbrach er mich.

»Er war ja nun auch schon zweiundneunzig, und das Herz hat nicht mehr mitgemacht, und dann die Probleme mit der Hüfte, wie's halt so ist. Ja, und jetzt haben wir eben geerbt, und wir können ja nichts damit anfangen, wer will denn heute noch Bauer sein, und da dachte ich eben, Sie kaufen doch so Land, habe ich gehört.«

»Wer hat uns denn empfohlen?«, fragte Weniger.

Ich tat so, als müsste ich überlegen.

»Wer war denn das? Ist ja schon eine Weile her, dass ich davon gehört habe. Der Karl? Nein. Warten Sie. Der Walter! Nein, der auch nicht. Ich hab's! Der Fritz war's!«

»Der Fritz?«

»Ja, der Fritz. Der Hubers-Fritz.«

»Der Fritz Huber aus Hohenberg?«

»Genau der!«

»Dann sind Sie auch aus Hohenberg?«

»Nein, ursprünglich aus Hergershof. Aber ich wohne ja schon lange nicht mehr da. Sagen Sie mal, was zahlen Sie denn so?«

Der Herr Weniger erklärte mir etwas umständlich, dass dies von der Lage und der Bodenqualität und der bisherigen Nutzung abhinge. Um welche Flurstücke es sich denn handle? Ich sagte ihm auf gut Glück ein paar Flurnamen wie Ränglesacker und Hopfenrain, mit denen er natürlich nichts anfangen konnte. Nein, die Unterlagen hatte ich nicht dabei.

»Was machen Sie denn mit den Grundstücken?«, fragte

ich. »Wir möchten schon, dass die in gute Hände kommen. Nicht an einen Bauunternehmer oder so.«

»Aber nein«, erwiderte Weniger, »da brauchen Sie keine Sorge zu haben. Wir versuchen, die Flurstücke an andere Bauern weiterzuverkaufen.«

»Dann könnte ich das ja auch selber machen.«

»Natürlich können Sie das. Aber Sie wissen ja, das kann dauern. Sie müssen mit vielen Leuten verhandeln, und Sie müssen wissen, was die Grundstücke wert sind, und diese ganze Bürokratie. Aber deswegen sind wir ja da. Sie verkaufen an uns, wir kümmern uns um alles, und Sie bekommen Ihr Geld sofort.«

Er war sehr liebenswürdig, der Herr Weniger, und sehr geduldig. Aufopferungsvoll fast. Beinahe selbstlos. Ich war bei ihm in den besten Händen. Und versprach, mit den nötigen Unterlagen wiederzukommen.

Erfahren hatte ich nichts, was ich nicht schon wusste. Aber ich hatte das Gefühl, dass ich eine sorgfältige Inszenierung erlebt hatte. Die Agrorum AG war so betont bodenständig und solide, dass man nur den allerbesten Eindruck von ihr haben konnte. Man erschreckte die biederen Bauern nicht mit einem repräsentativen Gebäude und einer gestylten Schönheit hinterm Tresen.

Das war jetzt der Schwanz des Hundes gewesen, der da gewackelt hatte. Nun wollte ich mir den Kopf anschauen.

Die Improvit Entwicklungsgesellschaft GmbH & Co. KG residierte im neuen Gewerbepark von Wolpertshausen. Die kleinste Gemeinde im Landkreis hatte sich da ein properes Industriegebiet geschaffen, lockte mit billigem Grund und direktem Autobahnanschluss und innovativen Geschäften. Zwei Windräder drehten sich träge.

Das Improvit-Gebäude war modern und von kühlem Design, nicht protzig, aber repräsentativ.

Hinterm Tresen in der Eingangshalle tat eine dralle Blondine sehr geschäftig und ließ mich eine Einschüchterungsminute lang warten. Ich verlangte den Herrn Geschäftsführer zu sprechen.

»Haben Sie einen Termin?«

Es sind doch immer die gleichen Rituale. Wenn ein Geschäftsführer auf Anhieb zu sprechen wäre, müsste man ja annehmen, er hätte nichts zu tun.

»Nein«, sagte ich.

Und sie sagte erwartungsgemäß: »Herr Deyhle ist sehr beschäftigt. Ich fürchte, er wird Sie ohne Termin nicht empfangen können.«

»Er wird.« Ich bedachte sie mit jenem Strahlen, das ausschließlich für Empfangsdamen reserviert ist. »Richten Sie ihm bitte aus, es geht um den Todesfall Huber.«

Sie sah mich misstrauisch an, trollte sich, kam erstaunlich schnell zurück und führte mich zu dem sehr beschäftigten Herrn Deyhle. Schweigend und sichtlich missmutig. Empfangsdamen verkraften Niederlagen nur schwer.

Horst Deyhle hatte Sinn für richtiges Timing. Er erhob sich erst hinter seinem imposanten Glasschreibtisch, als ich das Zimmer halb durchquert hatte.

Ungefähr in meinem Alter. Drahtig, sonnengebräunt, gepflegter Kurzhaarschnitt, konventionell, aber sehr gut angezogen: grauer Nadelstreifen, weißes Hemd, dezente Krawatte. Manikürte Finger, wie ich bemerkte, als er mir die Hand schüttelte – kraftvoll, aber nicht zu kräftig. Kleidungsmäßig war er mir überlegen, ich trug heute ein zerknittertes schwarzes Sakko mit offenem Button-down-Hemd zu ausgewaschenen Levi's. Ich hatte meine Kleidung mit Bedacht gewählt.

Deyhle war ein Mann wie aus dem Bestellkatalog für Führungskräfte. Dynamisch, eloquent, entschlussfreudig, kompetent. Nicht überheblich. Nicht devot. Unwiderstehlich, wenn es darum ging, Gemeinderäte auf dem Land zu überzeugen.

»Dillinger«, stellte ich mich vor. Ich vermied es bewusst, ihm eine Karte zu geben. Mal sehen, wie lange die Scharade hielt. »Es geht um den Todesfall Huber.«

»Schreckliche Geschichte, ja. Wie kann ich Ihnen helfen?«

Respekt. Gleich zur Sache. Kein Drumherum-Gerede. Er wies auf den Stuhl, der vor seinem Schreibtisch stand. Offenbar war ich der Sitzgruppe aus schwarzem Leder nicht würdig.

»Sie wissen schon von dem Todesfall?«

»Das spricht sich herum«, sagte er. Auch zu einem Deyhle? Bisher war noch keine Todesanzeige erschienen.

»Sie standen in Geschäftsbeziehungen mit Herrn Huber.« Keine Frage, eine Feststellung.

Er schaute mich fragend an und schaffte es, erstaunt zu blicken.

»Wie meinen Sie das?«

»Er hat Ihnen Grundstücke verkauft.«

»Da befinden Sie sich in einem Irrtum.«

»Er hat Sie Ihnen nicht direkt verkauft. Er hat an die Agrorum AG verkauft. Aber die Agrorum AG gehört Ihnen.«

Fast unmerklich zogen sich seine Augen zusammen. Es war ihm nicht recht, dass da jemand um die wahren Besitzverhältnisse wusste. Aber er war smart.

»Richtig«, räumte er ein. »Ich bin der Mehrheitsaktionär. Aber die Agrorum AG ist eine eigenständige Firma und macht ihre eigenen Geschäfte.«

»Es ist kaum vorstellbar, dass der Mehrheitsaktionär nicht weiß, um welche Geschäfte es sich dabei handelt.«

Er wusste, wann er eine Niederlage wegstecken musste.

»Ja, es stimmt. Huber hat uns ein paar Grundstücke verkauft.«

»Die er zuvor anderen abgekauft und dann mit Aufschlag an Sie weiterverkauft hat.«

Er lächelte, leicht amüsiert. Er hatte seine Selbstsicherheit wiedergewonnen.

»Das ist meines Wissens noch nicht verboten.«

»Was machen Sie mit diesen Grundstücken?«

»Bebauen vielleicht.«

»Hohenberg hat kein Neubaugebiet ausgewiesen.«

»Noch nicht.«

»Es gibt noch nicht einmal Planungen dafür.«

»Vorüberlegungen.«

»Die Sie nach Kräften fördern.«

»Natürlich. Das ist unser Geschäft.«

»Und warum hat Fritz Huber mit dem Verkauf nicht gewartet, bis die Grundstücke Bauland werden? Da hätte er doch einen weit besseren Preis erzielen können.«

»Wie Sie schon richtig sagten, es gibt bisher noch keinen Bebauungsplan. In diesem Geschäft muss man Geduld haben und in die Zukunft investieren. Herr Huber hatte die Geduld nicht. Er wollte das Geld.«

»Weshalb sind Sie nicht direkt an die ursprünglichen Besitzer herangetreten? Wäre Sie doch billiger gekommen – ohne den Aufschlag für Huber.«

Deyhle legte seine manikürten Fingerspitzen aneinander.

»Ich denke nicht, dass ich mit Ihnen unsere Geschäftspraktiken diskutieren muss.«

»Huber war also nur ein Strohmann für Sie«, konstatierte ich.

Er ließ sich nicht aus der Ruhe bringen. »Das waren alles völlig legale Transaktionen.«

»Nur dass Huber anscheinend zu blöd war und etwas billig verkauft hat, was in ein paar Jahren wesentlich mehr wert sein kann.«

»Wie gesagt, er brauchte das Geld.«

»Wozu?«

»Über die Motive unserer Kunden muss ich mir keine Gedanken machen.«

»Wann haben Sie Huber das letzte Mal gesehen?«

»Ich habe ihn überhaupt nicht gesehen. Er war bei der Agrorum AG, nicht bei mir.«

»Wo waren Sie am Dienstagvormittag?«

Das war jetzt die unverschämteste aller meiner Fragen. Eine leichte Verärgerung zeigte sich auf seinem Gesicht.

»Hier im Büro, wie Ihnen meine Sekretärin bestätigen wird. Was soll diese Frage?«

Ich zog es vor, darauf nicht zu antworten. Ich wollte ihn ja nur etwas verunsichern.

Ich stand auf und fragte: »Was macht Sie eigentlich so sicher, dass es in Hohenberg in nächster Zeit ein Neubaugebiet geben wird?«

Er lächelte, nun leicht überheblich.

»Sie werden doch nicht erwarten, dass ich unsere Geschäftsgeheimnisse ausplaudere?«

»Für ein paar Hinweise wäre ich schon dankbar«, konterte ich.

Er lachte. Es war ein gepflegtes Lachen, passend zum Anzug. Wo lernen die Jungs das bloß?

»Das wären viele. Aber nun habe ich mal eine Frage an Sie. Wenn die Steuerfahndung mir auf den Zahn fühlt, könnte ich das ja verstehen …« Ha ha, ein Witz. »… aber wieso die Kripo?«

»Wie kommen Sie auf die Kripo?«

»Sagten Sie nicht …?«

»Ich habe gar nichts gesagt. Dieter Dillinger, Versicherungsvertreter.«

Ich gab ihm meine Karte.

»Und Privatdetektiv«, ergänzte ich.

Das stand zwar nicht auf der Karte, machte sich aber gut, fand ich.

Sein Gesichtsausdruck war preiswürdig. Diese smarten Business-Männer aus der Fassung zu bringen, macht Spaß.

»Fritz Huber hatte eine Lebensversicherung bei uns. Ich helfe der Familie bei den Formalitäten«, fügte ich erklärend hinzu. War ja fast gar nicht gelogen.

Immerhin, das musste man ihm lassen, er wahrte die Form, wenn der Abschied auch etwas frostig war.

Interessant. Er wusste also ganz genau Bescheid über die Geschäfte, die Huber mit der Agrorum AG gemacht hatte. Aber warum erwartete er die Kripo, wenn es um Fritz Huber ging?

Ich war mächtig stolz auf mich. Die Kripo-Rolle hatte ich noch nie gespielt. Wahrscheinlich lag es an meinem Outfit. Wenn das Keller wüsste!

Hubers Schwester wohnte in Eckartshausen, zehn Minuten entfernt. Die Sonne schien, ich zuckelte gemütlich dahin und erging mich in Erinnerungen. Während meiner Kindheit hatte mein Onkel in Eckartshausen regelmäßig nach der Ernte Getreide abgeliefert, und manchmal durfte ich mit. Ich erinnerte mich noch schwach an die lange Reihe der Schlepper mit ihren Anhängern vor der Abladestelle und sehr genau an das Vesper, das es hinterher in einem Wirtshaus gab. Ein Vesper auswärts war etwas Besonderes seinerzeit.

Das Lagerhaus gab es immer noch, das Wirtshaus fand ich nicht. Schade. Ich hätte gern noch einmal den Geschmack meiner Kindheit genossen. Ich sah überhaupt keine Kneipe in Eckartshausen, dabei knurrte mir der Magen. Vielleicht hatte es nie eine gegeben. Vielleicht hatte ich Eckartshausen mit einem anderen Dorf verwechselt. So ist das mit den Erinnerungen.

Aber Emma Brüderle, geborene Huber, erinnerte sich noch sehr genau, wie ihr Bruder die Anita das erste Mal mit nach Hause gebracht hatte. Obwohl die Emma da schon verheiratet war in Eckartshausen mit ihrem Landwirtschaftsmechaniker. Die Erinnerungen …

Natürlich hatte sie die Anita schon vor der Hochzeit gekannt, die war ja schließlich aus dem Nachbardorf und ungefähr in ihrem Alter.

»Die war keine gute, die Anita«, sagte Emma Brüderle. »Die hat sich alleweil rumgetrieben. Auf jedem Tanzabend war die.«

Gar zu gerne hätte ich die gute Emma gefragt, wie sie denn ihren Mann kennengelernt hatte.

»Die hat wohl viele Verehrer gehabt, die Anita«, sagte ich stattdessen, »bis der Fritz sie erobert hat.«

»Ha ja, sie war ja schon eine recht Hübsche.«

»Da hatte der Fritz sicherlich viel Konkurrenz.«

»So war's dann auch wieder nicht.«

Bloß nicht den Eindruck erwecken, als hätte es die Schwägerin mit jedem getrieben, obwohl offensichtlich war, dass Emma Brüderle von der Frau ihres Bruders nicht viel hielt. Aber hier ging es um die Familienehre.

»Die Anita, die war recht gschleckig. Keiner war ihr gut genug.«

»Bis dann der Fritz kam«, ritt ich wieder auf dem Punkt herum. Es gab bei den Hubers irgendein Familiengeheimnis, das ich herausfinden wollte. Und das konnte nur in der Vergangenheit liegen.

Es war nicht einfach, der Emma was aus der Nase zu ziehen.

Emma Brüderle war die Rechtschaffenheit in Person. Ihr Reihenhäuschen war blitzblank und gnadenlos gemütlich, wenn man dunkle Holzdecken und wuchtige Sitzgarnituren mochte.

»Es gab einen, der ist immer um sie herumscharwenzelt. Auch aus Hergershof. Aber wisset Se, des waret kaane reachte Leit.«

»Wer war denn das?«, fragte ich vorsichtig.

»Norbert hat er sich geschrieben. Mit so einem komischen Nachnamen, den keiner aussprechen konnte.«

Norbert mit einem komischen Nachnamen? Bei mir klingelte etwas leise.

»Die waren nicht von hier. Heimatvertriebene. Kaane reachte Leit«, sagte sie nochmals.

Die Heimatvertriebenen. Nach dem Krieg hatte es etliche von ihnen in die Dörfer hier verschlagen. Sie hatten keinen leichten Stand. Selten, dass sich einer von ihnen in die seit Generationen festgefügte Gemeinschaft integrieren konnte. Mochte man noch so zerstritten sein untereinander, gegen die Fremden stand man zusammen.

»Die sind ja auch dann weggezogen«, erinnerte sich Emma Brüderle. »Irgendwas hat es da gegeben, ich weiß auch nicht mehr so genau.«

»Wann war denn das?«, fragte ich.

»Kurz bevor der Fritz die Anita kennengelernt hat, muss das gewesen sein.«

Ich hörte noch so allerhand und erfuhr doch nichts. Die Schwägerinnen konnten nicht gut miteinander, man traf sich zu den üblichen Familienfesten und hatte sich nichts zu sagen.

Der Norbert mit dem komischen Namen ... der Viehhändler?

Dann also auf nach Hergershof.

Der kürzeste Weg war über Ilshofen nach Wolpertshausen auf der B14, die nicht mehr so hieß, aber noch so genannt wurde. Vor einigen Jahren hatte man sie zu einer simplen Landesstraße herabgestuft. Jetzt versickerte die B14 irgendwo und tauchte dann hinter Ansbach urplötzlich wieder auf.

Ilshofen umrundete eine großzügige Ortsumgehung. Freie Fahrt für freie Bürger. Mein gelber Porsche brummte trotzdem ungeduldig auf Sparflamme. Ein Lastwagen hinter dem andern. Seit es die Lkw-Maut gab, war die B14, die keine mehr war, zur Parallelautobahn geworden. Nur leider ohne Chance zum Überholen.

Ich fasste mich in Geduld, bog in Wolpertshausen ab nach Hohenberg, überlegte kurz, ob ich Gerd Huber einen Besuch abstatten sollte, nur um ihn zu ärgern, fand das aber kindisch und fuhr weiter nach Hergershof.

Auf Anhieb fiel mir niemand ein, den ich kannte. Ich wollte gerade Sonja beauftragen, in unserer Datenbank zu wühlen, als mir das Schild »Täglich frische Eier« auffiel. Auch recht. War ja egal, wo ich anfing. Und Eier kann man immer brauchen.

Die »Gaggelich«, wie Eier im Hohenlohischen heißen, stammten von frei laufenden Hühnern, versicherte mir die Bäuerin. Und auch, dass das ja nun eine ganz schlimme Sache sei mit dem Hubers-Fritz.

Natürlich kannte man sich, man war ja schließlich Nachbarn, und außerdem hatte er ein »Maadlich« aus dem Dorf geheiratet.

»Da kamen ja dann zwei Höfe gut zusammen«, sagte ich. Ich wusste, dass Anita das einzige Kind war.

»Ach, das war nicht der Rede wert«, sagte die Bäuerin. »Die Krugs waren immer schon Kleinbauern gewesen, die haben nicht viel bewirtschaftet.«

Anita war also keine gute Partie gewesen. Gelohnt hatte sich die Heirat für Huber trotzdem, wie ich erfuhr. Die Felder aus Anitas Erbe tauschte er ein gegen andere, die für ihn günstiger lagen und an seine eigenen grenzten: Flurneuordnung auf privatem Wege. So kommt zusammen, was gut zusammenpasst. Wenigstens in wirtschaftlicher Hinsicht.

Auch an Norbert mit dem komischen Namen erinnerte sich die Bäuerin. Sehr genau sogar.

»Norbert Czichon hieß er. Ja, der hat damals die Anita poussiert. Aber nicht nur die.«

»War wohl ein rechter Herzensbrecher, der Norbert«, sagte ich.

»Ein Hallodri war das. Hat jedem Maadlich schöne Augen gemacht.«

»Ihnen doch sicher auch?«, fragte ich.

Sie lachte. Ein verlegenes Lachen? Oder ein sehnsüchtiges gar?

»Ich war ja damals schon verlobt.« War eigentlich kein Hinderungsgrund. »Und außerdem war der Norbert keiner, mit dem ein anständiges Mädchen eine Zukunft hatte.«

Logisch. Als Kind von Heimatvertriebenen ein Zwangseinquartierter. Und er brachte nichts mit: kein Geld, kein Land, keinen Namen. Anita mochte zwar keine gute Partie gewesen sein, aber wenigstens eine Partie.

»War das was Ernstes mit der Anita und dem Norbert?«

»Die sind schon viel zusammengehängt. Die Anita hätte schon gewollt, glaube ich. Der Norbert war ja auch ein Kerl. Der wusste, wie man mit Frauen umgeht.«

Ihr Gesichtsausdruck bekam etwas Träumerisches.

»Aber dann war der Norbert von einem Tag auf den andern weg. Es hat niemand so recht mitgekriegt, was eigentlich vorgefallen war. Und Anita hat kurz darauf den Fritz kennengelernt und ganz schnell geheiratet.«

Zehn frische Eier nahm ich mit. Und einige interessante Informationen.

Auf dem Heimweg rief ich Sonja an und bat sie, mir die Adresse von Norbert Czichon zu besorgen. Freitagabend war vielleicht ein guter Zeitpunkt, einen Viehhändler zu Hause zu erwischen.

»Im Notfall kannst du auch Keller fragen«, sagte ich.

Ich war schon fast in Schwäbisch Hall, als Sonja zurückrief.

Ich fluchte. Czichon wohnte in Kirchberg. Ich musste die ganze langweilige Strecke wieder zurück. Und immer noch hinter den Lastwagen herfahren.

Norbert Czichon wohnte in der Altstadt oben am Berg, gleich hinter dem Stadtturm, der dem Städtchen seine Skyline gibt.

Als die Tür geöffnet wurde, bekam ich einen Schock.

Vor mir stand Gerd Huber. In einer älteren Ausführung.

Die Ähnlichkeit war unverkennbar. Auf einen Schlag war mir klar, weshalb Gerd Huber so gar nicht dem Mann glich, der als sein Vater galt. Und einige Andeutungen, die ich in Hohenberg gehört hatte, bekamen plötzlich einen Sinn.

Norbert Czichon musterte mich etwas reserviert, aber nicht unfreundlich.

So hatte ich mir immer einen Viehhändler vorgestellt: groß, massig, wahrscheinlich mit gewaltiger Kraft und so zartfühlend wie ein Stacheldraht.

Ich musste mir schnell eine Strategie zurechtlegen. Erst mal bloß belangloses Geplauder? Oder gleich mit der Tür ins Haus fallen?

Ich ließ mich fallen.

»Ich möchte mit Ihnen über Anita Huber sprechen«, sagte ich.

Der Mann war plötzlich sehr reserviert und gar nicht mehr freundlich.

»Und warum sollte ich das tun?«, fragte er.

Der Mensch brachte mich in Verlegenheit. Ich kannte ihn jetzt vielleicht eine halbe Minute, und schon zum zweiten Mal zwang er mich, schneller zu denken als zu reden. Normalerweise halte ich es umgekehrt, behauptet Sonja. Wieder der brutalstmögliche Angriff: Weil ich Sie für den Mörder von Fritz Huber halte?

Blödsinn. Wahrscheinlich würde er schlicht »Warum?« fragen, und ich käme noch mehr ins Schleudern.

Also der unverfängliche Weg.

»Es gibt da ein paar Fragen im Zusammenhang mit dem Tod des Fritz Huber«, sagte ich. Klang das verschwollen genug, damit ich wieder als Polizei durchging wie bei Deyhle?

Er musterte mich von oben bis unten. So taxierte er wahrscheinlich auch die Schweine und Rinder, die er kaufen wollte.

»Sie sind?«, fragte er schließlich.

»Dillinger. Dieter Dillinger«, stellte ich mich vor.

»Und wer sind Sie, Herr Dillinger?«

Ein Fels in der Brandung. Mein Plappermaul, das hatte ich erkannt, half mir bei ihm nicht weiter.

»Ich ermittle im Todesfall Huber«, sagte ich vage.

»Und in welcher Funktion, Herr Dillinger?«

Dieser Mann war hartnäckig. Lügen? Die Wahrheit? Die halbe Wahrheit? Doch lieber die ganze.

»Ich bin von der Versicherung.«

»Und wieso ermittelt ...« Er sprach das Wort richtiggehend spöttisch aus. »... die Versicherung im Todesfall Huber, wie Sie das nennen? Und wieso ermittelt sie bei mir?«

»Zwei Fragen auf einmal.«

»Wie wäre es, wenn Sie beide nacheinander beantworten?«

»Im Sitzen redet sich's besser.«

Noch einmal prüfte er mich mit seinem Viehhändlerblick. Ich würde wohl keinen guten Preis erzielen. Dann winkte er mich hinein.

Die Wohnung war klein, die Einrichtung von der Stange. Preiswert, aber nicht billig. Esstisch, Fernseher, Sitzgarnitur, Couchtisch. Das Übliche. Ein Bücherregal, hauptsächlich mit Taschenbüchern, die gelesen aussahen. Und mittendrin der gesammelte Goethe, die klassische Ausgabe mit den dunkelblauen Umschlägen.

Er hatte meinen Blick gemerkt und auch meine Überraschung.

»Von Zeit zu Zeit les' ich den Alten gern«, sagte er lächelnd.

Hoppla! Czichon kannte seinen »Faust«! Ich musste wohl mein Bild von einem Viehhändler revidieren.

»Bier? Wein?«, fragte er und wies auf einen der Sessel.

Dass er Goethe las, bedeutete noch lange nicht, dass er auch etwas von Wein verstand. Trotzdem ging ich das Risiko ein. Dieser Mensch machte mich neugierig.

Er brachte zwei Gläser und eine Flasche Grantschener Lemberger Spätlese. Für einen Genossenschaftswein nicht schlecht. Im Barrique ausgebaut.

Er schenkte ein, ließ den Wein rotieren, schnupperte und schlürfte.

»Ganz passabel, oder?«, fragte er.

Ich nickte.

»Also, schießen Sie los«, sagte er. »Ich habe schon gehört, dass Sie sich intensiv um diese Sache kümmern.«

»Gerd Huber ist Ihr Sohn«, sagte ich.

Er nickte.

»Ist ja mittlerweile kein Geheimnis mehr.«

»Sie haben Anita damals geschwängert und dann sitzen lassen.«

»So kann man's sehen. So war's aber nicht.«

»Sondern?«

»Ich bin abgehauen, ja. Aber ich hatte keine Ahnung, dass Anita schwanger war. Oder sonst jemand.«

»Laufen da etwa noch mehr Abkömmlinge von Ihnen durchs Hohenloher Land?«

Er lächelte. »Außer Gerd bin ich bisher noch keinem begegnet. Hoffen wir, dass es dabei bleibt.«

»Warum sind Sie damals über Nacht verschwunden?«

»Ich hatte Schwierigkeiten.«

»Mit den Eltern von Anita?«

Verblüfft sah er mich an.

»Wieso sollte ich mit denen Schwierigkeiten gehabt haben?«

»Die waren sicher nicht sehr angetan von Ihrer Beziehung mit Anita.«

»Beziehung klingt etwas hochgegriffen. Mein Gott, wir

sind ein paar Mal in die Büsche und hatten unseren Spaß. Mehr war das nicht.«

»Sah das Anita auch so?«

Er lachte.

»Die Anita war bekannt dafür, dass sie ... nun ja, leicht zu überreden war. Die war geradezu verzweifelt auf der Suche nach einem Mann. Torschlusspanik. Als Frau mit sechsundzwanzig und zur damaligen Zeit und auf dem Lande musste man schon langsam befürchten, dass sie gar keinen mehr abkriegte.«

»Was Jungs wie Sie ausgenutzt haben.«

»Spielen Sie mal nicht den Moralapostel«, sagte er. »Dazu gehören immer noch zwei.«

»Und bist du nicht willig ...«

Ich kannte auch etwas von Goethe.

»Quatsch!«, fuhr er auf. »Das mögen Sie vielleicht nicht glauben, aber das hatte ich nun wirklich nicht nötig. Da gab es genügend Mädchen, die sehr willig waren.«

»Wie die Anita?«

»Wie die Anita.«

»Wenn die Anita auf Männerfang war, waren Sie ja vielleicht auch ein Kandidat.«

»Geprüft und für gut befunden?« Er lachte. »Hoffnungen habe ich ihr ganz bestimmt nicht gemacht. Ich als Bauer beim Schwiegerpapa? Nie im Leben! Außerdem ist Anita acht Jahre älter als ich. Ich war damals achtzehn.«

»Was waren es dann für Schwierigkeiten, die Sie davongetrieben haben?«

Er zögerte. »Sind Sie nicht ein bisschen arg neugierig?«

»Bin ich, ja.«

»Was soll's, ist ja lange her. Ich hatte Schwierigkeiten mit der Polizei.«

»Schwierigkeiten welcher Art?«

»Ein paar Brüche, ein bisschen gedealt – was man halt so macht mit seinen Kumpels in seiner wilden Jugend.«

Bisher hatte ich meine Jugend auch für ziemlich wild gehalten, aber im Vergleich dazu war ich ein Klosterschüler gewesen.

»Und die Polizei hat Sie erwischt?«, fragte ich.

Er schüttelte den Kopf. »Damit genau das nicht passiert, bin ich auf und davon.«

»Und jetzt sind Sie wieder da.«

»Jetzt bin ich wieder da.«

»Ausgerechnet in Ihrem alten Revier.«

»Wären Sie von der Polizei, würde ich jetzt sagen: Ja, Herr Kommissar, den Verbrecher zieht es doch immer an den Ort seiner Taten zurück.«

Nachdenklich ließ er seinen Wein kreisen.

»Um die Wahrheit zu sagen: Ich habe erkannt, dass ich mich hier eigentlich immer ganz wohl gefühlt habe. Ich mag die Landschaft mit ihren sanften Hügeln und ihren schroffen Flusstälern. Ich mag die Ruhe hier. Ich mag die Menschen. Auch ihre Schlitzohrigkeit.«

Er schenkte uns beiden nach. War wirklich nicht schlecht, dieser Lemberger.

»Wissen Sie«, sagte er, »ich habe viele Dummheiten gemacht in meinem Leben. Aber ich habe daraus gelernt. Und ich habe das Gefühl, dass ich hier wieder zu mir selbst finde.«

»Was haben Sie zwischenzeitlich gemacht?«

»Dies und jenes. Nichts Schlimmes und nichts Rechtes. Vergessen Sie's. Unwichtig. Vorbei. Vergessen.«

Dafür machte er allerdings ziemlich viele Worte.

»Sie hatten keine Angst davor, dass man sich hier wieder an Sie erinnert?«

Er lächelte. »Ich habe darauf gesetzt.«

»Die Kumpels Ihrer bösen Taten leben doch sicherlich zum großen Teil noch hier.«

Sein Lächeln wurde breiter. »Eben. Vielleicht laufen deshalb meine Geschäfte ganz gut.«

So war das also. Man erinnert sich selig lächelnd an die gemeinsame »wilde Jugend«, wie er das nannte, und kommt aus lauter Nostalgie miteinander ins Geschäft. Oder man erinnert den anderen an die eine oder andere Dummheit aus früheren Tagen.

Ich wurde nicht schlau aus Norbert Czichon. Er war gewandt und selbstsicher. Er zitierte Goethe und trank Wein. Er strahlte eine enorme Gelassenheit aus. Wie ein Buddha schien er in sich selber zu ruhen. War das echt? Oder war er hinter der Fassade kaltschnäuzig und berechnend?

»Hat es Sie nicht interessiert, was aus Ihren verflossenen Liebschaften geworden war?«, fragte ich.

»Um ehrlich zu sein: Nein. Du meine Güte, das waren doch keine Liebschaften, das waren One-Night-Stands. Man hat miteinander gepennt, vielleicht auch ein paar Mal, und dann die Nächste bitte. Oder der Nächste. Die Mädels waren auch nicht anders.«

Musste ja wirklich wild zugegangen sein damals. War da die sexuelle Revolution der Sechziger auf ihrem langen Marsch auch auf dem Land angekommen?

»Und dann standen Sie eines Tages Ihrem Sohn gegenüber«, sagte ich.

Ganz so war es nicht, erzählte er. Auf seiner Tour war er eines Tages auch bei Fritz Huber in Hohenberg gewesen. Huber musste es ähnlich gegangen sein wie mir: Ihm war es wie Schuppen von den Augen gefallen. Er hatte Norbert Czichon sprachlos angestarrt, hatte sich umgedreht und war verschwunden, ohne ein Wort zu sagen.

»Ich war ziemlich verblüfft und wusste nicht, was los war«, erzählte Norbert Czichon. »Ich hatte ja keine Ahnung, dass Anita den Huber geheiratet hatte. Und erst recht nicht, dass Anita ein Kind von mir hatte.«

Einige Tage später war er wiedergekommen – und auf Anita getroffen.

Anita erzählte ihm, was Sache war, und als dann auch Gerd hinzukam, war für Norbert Czichon das seltsame Verhalten von Fritz Huber nur zu verständlich. Gerd war unübersehbar das jüngere Abbild des Norbert Czichon: die gleiche massige Gestalt, das gleiche knubbelige Gesicht mit der runden Nase – die Hubers dagegen waren hager, ihre Gesichter scharf geschnitten mit spitzer Nase. Deutlicher hätte es nicht sein können.

Anzunehmen, dass es im Hause Huber zwischenzeitlich einige Auseinandersetzungen gegeben hatte.

»Und Fritz Huber?«

»Er kam dann auch.«

»Ziemlich wütend, nehme ich an.«

»Im Gegenteil. Ganz ruhig hat er mir gesagt, ich solle mich hier nicht mehr blicken lassen. Und am besten auch nicht mehr im Dorf.«

»Woran Sie sich aber nicht gehalten haben. Sie waren danach auffallend oft bei Anita Huber, wenn ihr Mann nicht da war.«

»So so, ist das aufgefallen. Klar, was fällt in diesen Dörfern nicht auf.«

»Alte Liebe aufwärmen?«

»Unsinn. Wie oft soll ich es noch sagen: Da war nichts mit Liebe, damals nicht und heute nicht.«

»Und weshalb dann diese Besuche?«

»Ich wollte einfach meinen Sohn kennenlernen.« Er wurde nachdenklich. »Ich wollte nie Kinder haben. Das war mir zu lästig und zu viel Verantwortung. Und dann wirst du Vater eines fünfundzwanzigjährigen Sohnes. Ganz plötzlich und ohne Vorwarnung.« Er schaute mich an. »Haben Sie Kinder?«

»Nein. Und ich will auch keine.«

»Das sollten Sie sich noch mal überlegen, Sie sind noch jung. Vielleicht habe ich einen Fehler gemacht. Vielleicht wäre mein Leben anders verlaufen.«

»Mit Anita und Gerd?«

»Nein, ganz sicher nicht mit Anita. Aber später.«

»Wie ist Ihr Verhältnis zu Ihrem Sohn?«

»Neutral bis gar nicht. Ich bin nicht sein Vater, ich bin nur sein Erzeuger. Ich versuche, Zugang zu ihm zu finden. Ich will ihn verstehen. Glauben Sie mir, ich fange tatsächlich an, so etwas wie väterliche Gefühle zu entwickeln. Mich verstört das. Und Gerd blockt ab. Ich kann's dem Jungen nicht verdenken. Er macht mich verantwortlich.«

»Und trotzdem waren Sie so häufig dort.«

»Huber machte mächtig Stress zu Hause, ist ja klar. Er wusste nichts davon. Anita hat ihm nie gesagt, dass sie von mir schwanger war. Ich wollte Anita helfen, wenn es nötig sein sollte. Irgendwie bin ich ja auch beteiligt an der ganzen Situation.«

»Welcher Art war der Stress, den Huber machte? Wollte er nachträglich Alimente für die Aufzucht des falschen Sohnes?«

Mal wollte er Gerd enterben, mal die Frau rauswerfen, mal die Scheidung – nach dem, was Anita Norbert Czichon erzählt hatte, war noch nicht sicher, was werden würde. Klar war nur, dass Huber stinksauer war und dass Anita das irgendwie büßen musste. Und Gerd wohl auch, obwohl der ja nun wirklich nichts dafür konnte.

Jedenfalls hatten alle den Eindruck, dass die Explosion unmittelbar bevorstand.

»Und wie war das am Dienstag? Da wollten Sie wieder mal Anita besuchen?«, fragte ich.

»Dienstag war unser Tag. Huber war da immer weg, keine Ahnung, wo.«

»Aber an diesem Dienstag war Anita nicht da.«

»Richtig.«

»Wie lief das im Einzelnen ab? Sie haben geklingelt ...«

»Ich habe geklingelt, es hat niemand aufgemacht, dann bin ich wieder gegangen.«

»So haben Sie es der Polizei erzählt.«

»So war's.«

»Das glaube ich Ihnen nicht.«

»Warum nicht?«

»Es ist unlogisch. Dienstag ist Ihr Tag. Aber es macht niemand auf. Jeder normale Mensch denkt sich, dass die Bäuerin gerade woanders ist. Vielleicht im Stall, vielleicht in der Scheune. Und schaut nach.«

»Ich habe nicht nachgeschaut.«

»Sie waren nicht zufällig in der Scheune und haben Huber vom Heuboden gestoßen?«

Norbert Czichon starrte mich an.

»Warum, um Himmels willen, sollte ich das tun?«

»So hat man den Plagegeist vom Hals und alle Sorgen los.«

Er schüttelte nur den Kopf.

»Vielleicht war es auch ganz anders«, sagte ich. »Sie schauen in der Scheune nach, ob Anita dort ist, Sie treffen auf Huber, es kommt zum Streit, der Streit wird etwas handgreiflich, und Huber stürzt unglücklich. Das wäre dann nur ein Unfall, kein Mord.«

»Was wollen Sie eigentlich?«

»Ich will wissen, was passiert ist. Ich glaube nicht, dass Huber ausgerutscht und gestürzt ist. Ich will wissen, wer schuld ist an seinem Tod.«

Norbert Czichon stand auf, packte mich am Jackett und zog mich mühelos aus dem Sessel. Noch ein paar Knitterfalten mehr. Ich hatte den Eindruck, als würde ich ein paar Zentimeter über dem Boden schweben. Unsere Gesichter berührten sich fast.

»Sie sollten jetzt gehen«, sagte er.

Er sagte es leise, aber die unterdrückte Wut war zu spüren.

Wenn dich zwei Zentner Wut hochheben, hältst du besser den Mund. Und meine weiteren Fragen behielt ich auch lieber für mich. Zum Beispiel, was Norbert Czichon plötzlich so wütend gemacht hatte.

Also ging ich.

Es war schon spät am Abend, als ich endlich wieder in Schwäbisch Hall war. Um diese Zeit bekam ich nirgendwo mehr etwas Anständiges zu essen. Ich schlenderte zur Döner-Bude in der Schwatzbühlgasse und schaute mich um, ob mich niemand sah. Schließlich hatte ich einen Ruf zu verlieren.

Ich biss in den Döner – selbst gemacht, behaupteten sie – und tropfte mir Soße aufs Hemd. Und zu Hause lag ein Filetsteak von meinem Lieblingsmetzger im Kühlschrank, gut abgehangen.

Fritz Huber fing an, mir auf die Nerven zu gehen. Ich kam nicht mehr zum Joggen und nicht mehr zum Essen. Und wozu das alles?

Ich machte mich auf die Suche nach Keller. Die Auswahl der Kneipen, in denen man ihn antreffen konnte, war begrenzt. Ich hatte noch nicht herausgefunden, ob er nach einem bestimmten System rotierte, jedenfalls war der zweite Versuch ein Treffer. Ich fand ihn im »Büschlerkeller« am Marktplatz.

»Na, Feierabend?«, fragte ich. Keine sehr originelle Gesprächseröffnung. Aber mein Vorrat an Geistesblitzen war für heute erschöpft.

Ich setzte mich neben ihn an den Tresen und bestellte einen Caipirinha. Ich brauchte einige kräftige Absacker.

Keller hatte schon einige Bier intus, war aber noch ansprechbar. Trotzdem brummte er nur.

»Wo ist denn Ihr Adlatus abgeblieben, der schöne Berger?«, versuchte ich ihn aus der Reserve zu locken.

»Fehlt gerade noch, dass der mir auch den Feierabend versaut«, knurrte Keller.

Schweigen.

»Nun seien Sie doch nicht so zugeknöpft«, sagte ich schließlich. »Was gibt es Neues im Fall Huber?«

»Ich habe Feierabend«, verkündete Keller. »Der Feierabend ist dem arbeitenden Menschen heilig. Am Feierabend schöpft er die Kraft für seine aufopferungsvolle Arbeit am Tag. Das sagt auch die Gewerkschaft. Der Feierabend ist, wie der Name schon sagt, das Feiern des Abends. Eine Feier darf nicht gestört werden. Kellner, noch ein Bier!«

Ich hätte den Feierabend besser nicht ins Gespräch gebracht. So viel sagte er sonst nie auf einmal. Und dass er zu Wortspielen fähig war, hatte ich auch noch nicht bemerkt. Vielleicht hatte Keller doch schon ein paar Bier mehr intus, als ich gedacht hatte.

»Also, was gibt's Neues?«, fragte ich.

»Nichts.«

»Nichts?«

»Nichts.«

»Was, um alles in der Welt, macht ihr Staatsdiener eigentlich den lieben, langen Tag mit unseren Steuergeldern?«

»Formulare ausfüllen«, sagte Keller vergrätzt. »Anordnungen durchlesen und zu verstehen versuchen. Statistiken auswerten und sie so zusammenstellen, dass sie schön aussehen.«

»Was hat Ihnen denn die Stimmung verhagelt?«, fragte ich.

Er winkte ab.

»Neben dem üblichen Ärger das Nichts im Fall Huber.«

»Was haben die Techniker gefunden?«

»Spinnweben. Ein altes Fahrrad, museumsreif, aber leider verrostet. Den abgebrochenen Zinken von einem Kreisler oder so. Auch museumsreif. Auch verrostet. Eine Heugabel mit Fingerabdrücken von Vater und Sohn. Einen Hosenknopf vom Sohn. Ach ja, und noch ein kleines bisschen Heu und Stroh.«

»Und die Nadel im Heuhaufen, die habt ihr nicht?«, witzelte ich.

Er schaute mich böse an.

»Kein guter Witz?«

»Kein guter Witz. Was willst du schon in einer vollgestopften Scheune finden, wenn der blutverschmierte Knüppel nicht obenauf liegt?«

»Was sagt die Obduktion?«

»Kein Knüppel. Kein Wunder, dass wir ihn nicht gefunden haben.«

»Huber ist also nicht erschlagen worden?«

Keller schüttelte den Kopf.

»Er hat sich beim Sturz den Kopf an einer Diele angeschlagen. Die Todesursache war Genickbruch. War wahrscheinlich schon bewusstlos, als er unten ankam. Übrigens ist die Leiche freigegeben. Beerdigung ist am Montag.«

»Immerhin wissen wir, dass der beliebte stumpfe Gegenstand nicht zum Einsatz kam.«

»Aber wir wissen immer noch nicht, ob Huber gestolpert ist oder ob jemand nachgeholfen hat.«

Ich zuckte mit den Schultern. »Dann schließt halt die Akte. War's eben ein Unfall ohne Fremdeinwirkung.«

Ich meinte es fast ernst. Wozu dieses Herumstochern im Heuhaufen? Ein Tag ohne vernünftiges Essen macht mich elegisch.

»Das meint Berger auch«, sagte Kellner.

Meine Lebensgeister erwachten neu. Dass Berger, dieser Wichtigtuer, recht haben sollte, durfte nicht sein. Das traf mich persönlich.

»Was haben Sie sonst noch?«, fragte ich.

»Niemand hat etwas wirklich Brauchbares bemerkt. Einer will zur fraglichen Zeit einen schwarzen Wagen in Hubers Hof gesehen haben.«

»Der Viehhändler?«

»Nein, der fährt einen dieser Pseudo-Geländewagen,

außerdem mit Anhänger. Der Zeuge hat eine Limousine gesehen. Farbe wahrscheinlich schwarz, Marke unbekannt. Irgendwas Großes. BMW, Mercedes, was in der Art.«

»Wie heißt der Zeuge?«, fragte ich. Vielleicht konnte ich da nochmals nachhaken.

»Weiß ich auswendig nicht. Komm ins Büro, dann kann ich dir den Namen geben. Aber er ist der Einzige, der ihn gesehen hat, keiner sonst. Und wir haben wirklich das ganze Dorf befragt.« Er grinste. »War eine schöne Beschäftigung für Berger. Ein anderer hat ein rotes Auto durchs Dorf fahren sehen, könnte ein Corsa gewesen sein. Aber ich bitte dich, selbst durch so ein Dorf fährt mal ein Auto.«

Ich war mittlerweile beim dritten Caipirinha, er beim dritten Bier. Beim dritten seit meiner Ankunft. Mir fiel plötzlich auf, dass Keller mich seit einiger Zeit duzte. Dann durfte ich auch.

»Was weißt du über den Viehhändler?«, fragte ich.

»Der ist gleich nach dem Abitur mit achtzehn zur Bundeswehr. Hatte sich für zwölf Jahre verpflichtet. Fallschirmjäger. Einer von den harten Jungs also. Hat beim Bund Betriebswirtschaft studiert und ist als Hauptmann abgegangen.«

Ich staunte. Davon hatte Czichon mir kein Wort gesagt. Warum nicht?

»Tja, wir machen eben unsere Hausaufgaben. Um ehrlich zu sein, er ist aktenkundig, daher weiß ich es. Er hat mal acht Monate gesessen wegen Körperverletzung. Das war nach seiner Bundeswehrzeit. Hat jemanden halb tot geprügelt. Ist aber auch schon zehn Jahre her. Angeblich ein Streit im Suff.«

Ich konnte mir das lebhaft vorstellen. Wenn Norbert Czichon richtig hinlangte, hatten die Ärzte viel zu tun. Und bei seiner Ausbildung konnte sein Kontrahent von Glück sagen, dass er überhaupt noch lebte.

»Seitdem ist er sauber. Nach seiner Bundeswehrzeit hat er nicht so richtig Tritt gefasst und die Jobs rasch gewechselt. Bis er sich vor ein paar Jahren im Osten als Viehhändler etabliert hat. Eine merkwürdige Karriere. Aber er muss wohl gut im Geschäft gewesen sein. Und zum fraglichen Morgen kann er auch nichts weiter sagen. Wir haben ihn uns nochmals vorgeknöpft. Keine Widersprüche, keine neuen Erkenntnisse. Zufrieden?«

»Wer hat ihn befragt? Berger?«

»Nein, ein anderer Kollege.«

Deshalb also. Selbst Berger, diesem Dubbel, hätte es auffallen müssen. Er hatte ja Gerd Huber auch gesehen.

»Der Herr neigt also zu Jähzorn und setzt seine Meinung handgreiflich durch«, sagte ich.

»Scheint so. Aber das ist ja noch kein hinreichendes Verdachtsmoment in unserem Fall. Vor allem: Welches Motiv sollte er gehabt haben?«

»Vielleicht dieses: Norbert Czichon ist der leibliche Vater von Gerd Huber.«

»So, so.«

Ich erzählte Keller, wie es nach der Version Czichons dazu gekommen war. Und dass es deshalb im Hause Huber Zoff gegeben hatte, was ja verständlich war. Und ich tischte ihm meine Theorie auf: Dass es zwischen Huber und Czichon Streit gegeben hatte, in dessen Verlauf der Bauer zu Tode kam – wie auch immer.

»Nette Theorie, aber nicht sehr überzeugend«, sagte Keller.

Nach vier Caipirinhas auf halbleerem Magen fand ich die Theorie sehr überzeugend.

»Und wie steht's mit Beweisen?«, fragte Keller. »Es gibt keine Zeugen, die ihn in der Scheune gesehen haben. Und er selber bestreitet es.«

Ich hatte eine Idee.

»Wenn Czichon doch in der Scheune war, müssten sich

Spuren nachweisen lassen – an seiner Kleidung, an seinen Schuhen.«

Keller stöhnte.

»Wenn sie ihm nicht in Hirn geschissen haben, hat er das alles längst weggeworfen.«

»Ihr könntet ja mal suchen.«

»Alle seine Kleider analysieren lassen? Nur auf einen vagen Verdacht hin? Du bist bescheuert! Das kriege ich nie durch! Und außerdem kann er immer noch behaupten, dass er irgendwann mal berufsmäßig in der Scheune war, und das kannst du ihm nicht widerlegen.«

Kellers Zunge wurde allmählich schwerer. Es war Zeit zu gehen.

»Bessere Ideen hast du nicht?«, fragte er.

Hatte ich. Zum Beispiel Deyhle und die Agrorum AG. Und auch Anita und Gerd Huber sah ich in einem neuen Licht nach all dem, was ich heute erfahren hatte. Aber davon sagte ich Keller noch nichts.

Auf dem Marktplatz verabschiedeten wir uns. Er trottete Richtung Obere Herrngasse davon. Ich stand vor den vierundfünfzig Stufen der Michaelskirche und sog die frische Nachtluft ein.

Das Häuserensemble rund um den Marktplatz mit seinen mittelalterlichen Fachwerkhäusern und den Barockbauten war effektvoll beleuchtet. Zum achthundertfünfzigjährigen Stadtjubiläum hatte man sich dafür eigens einen Lichtkünstler geleistet, der die Strahler im Boden versenkt hatte. Was einem der gesunde Menschenverstand sagte, trat prompt ein: Die Lampen blendeten die Passanten. Kaum war die neue Beleuchtung installiert, musste schon nachgebessert werden.

Der Marktbrunnen plätscherte leise vor sich hin. Daneben ragte der Pranger empor. Wer im Mittelalter etwas ausgefressen hatte, wurde ins Halseisen gelegt und durfte beschimpft, bespuckt und beworfen werden.

Nach dem Krieg hatten die Amerikaner hier den ehemaligen Kreisleiter zur Schau gestellt. Ein paar Jahre später durfte er schon wieder als Lehrer unterrichten.

Vielleicht wäre Anita Huber als ledige Mutter vor ein paar hundert Jahren auch da oben gelandet.

Seinerzeit? Die Methoden waren heute anders, das Ergebnis nicht. Am Pranger stand sie sowieso. Was Huber gesehen hatte, als Norbert Czichon vor ihm stand, musste jeder andere im Dorf auch bemerkt haben. Was wurde da wohl getuschelt über Anita? Was redete man über Fritz Huber? Wurde er bemitleidet? Oder war man schadenfroh? Es war so oder so ein Spießrutenlaufen für alle Hubers.

Seltsam, dass mir niemand etwas gesagt hatte. Das Dorf hütete sein Geheimnis und schottete sich ab gegen einen Außenstehenden wie mich.

Mir fiel plötzlich ein, dass zu Hause Helena auf mich wartete. Die hatte ich völlig vergessen! Ich würde was zu hören kriegen.

Ich gebe meine Hausschlüssel eigentlich ungern heraus. Ich mag es nicht, wenn meine Schallplattensammlung durcheinandergebracht oder der falsche Wein geöffnet wird. Aber Helenas Bett war einfach zu schmal.

Glücklicherweise schlief sie schon, und ich bemühte mich sehr, sie nicht aufzuwecken, als ich neben sie schlüpfte.

Zu einem Streit war ich nicht mehr fähig. Und zu etwas anderem auch nicht.

Samstag

Der Samstagmorgen verging mit den üblichen Verrichtungen. Unerquickliche Frühstücksdiskussionen über den verpatzten Abend. Einkäufe auf Deutschlands schönstem Wochenmarkt mit einer Helena im Schlepptau, die sich resistent gegen alle Genüsse zeigte. Ein paar Austern knabbern am Fischstand, die Helena nur eklig fand. Danach mit Freunden auf einen Kaffee ins »Alte Schlachthaus«.

Das Café in bester Lage war ein beliebter Treffpunkt. Auch heute ließen sich zwei von der lokalen Politprominenz blicken. Die Damen in ihrer Begleitung hätten gut und gern als ihre Töchter durchgehen können, in Wahrheit waren es aber die Zweitfrauen. Kein Wunder, dass aus mir noch nichts geworden war. Ich war erst ein Mal verheiratet gewesen. Bis zum Aufstieg in die Bundespolitik hatten die beiden aber auch noch ein paar Ehefrauen vor sich.

Wir hechelten die Peinlichkeiten der Lokalpolitik durch. Helena langweilte sich tierisch.

Wie konnte ich das nur wiedergutmachen? Und wie sollte ich ihr das mit heute Abend beibringen?

Das Problem löste sich von selbst. Helena war gar nicht erpicht darauf, dass ich sie heute Abend zu dem Konzert einer ominösen Boygroup in der Ilshofener Arena begleitete. Wahrscheinlich wäre es ihr peinlich gewesen, dort mit einem alten Knacker wie mir aufzutauchen.

Ich war erleichtert. So musste ich mir wenigstens keine Entschuldigungen abquälen, weshalb ich mit Isabel zum Essen verabredet war. Ich verschwieg das einfach.

Wir trafen uns zu einer unserer vergnüglichen Fressorgien in Josef Bauers »Adler« in Rosenberg. Achtzehn

Punkte im Gault Millau. Isabel erzählte vom New-York-Marathon, den sie in diesem Jahr mitlaufen wollte.

»Vielleicht komme ich mit«, sagte ich.

»Du und Marathon?«

»Ich bin ein sportlicher Typ, wenn man mir das auch nicht unbedingt ansieht.«

»Du und sportlich?«

»Sicher. In meiner Jugend habe ich viel Sport getrieben.«

»Deine Jugend ist schon lange vorbei.« Jawoll, immer feste druff. Ich dachte an Helena.

»Ich gehe regelmäßig ins Sportstudio, ich gehe regelmäßig joggen ...«

»Wie regelmäßig?«

»Wie es meine Zeit erlaubt.«

»Dann erlaubt die wohl nicht sehr viel. Wenn ich dich so ansehe ... Dein Idealgewicht hast du schon lange hinter dir gelassen.«

»Das muss an meinen Genen liegen«, sagte ich aus tiefster Überzeugung.

»Quatsch. Du isst zu viel. Du hast von meiner Gänseleber auch noch die Hälfte gegessen.«

»Soll man diese Köstlichkeit etwa verderben lassen?«

Jetzt war ich ernstlich empört. Im »Adler« lässt man nichts auf dem Teller liegen, es sei denn, man ist ein Fast-Food-Junkie.

»Und außerdem trinkst du zu viel«, bohrte Isabel weiter.

»Diesem wunderbaren Aloxe-Corton kann ich einfach nicht widerstehen.«

»Das ist aber schon unsere zweite Flasche.«

»Es muss noch nicht die letzte sein.«

Sie lachte. »Du bist unverbesserlich.«

Isabel überstand jeglichen Kalorienangriff. Musste wohl auch an den Genen liegen. Gertenschlank. Und das, obwohl sie ungeniert und ungehemmt schlemmte. Deshalb trafen wir uns regelmäßig in den einschlägigen Gourmetlokalen. Es gibt nicht viele Frauen, die gutes Essen zu würdigen wissen. Und auch noch bereit sind, den gesalzenen Preis dafür zu bezahlen. Und hinterher nicht jammern, dass der Rock klemmt.

Wir waren vor ein paar Jahren regelrecht übereinandergestolpert. Unsere erste Begegnung war auf der Furt neben dem Theatersteg gewesen, einem schmalen Brückchen ohne Geländer, das im Haller Park knapp oberhalb des Wasserspiegels über einen Arm des Kochers führt. Ich hatte mich umgedreht, weil ich einem hübschen Mädchen nachgeschaut hatte, und war im Rückwärtsgehen mit ihr zusammengestoßen.

Wir waren beide im Kocher gelandet. Ich hätte sie ja gerne selbstlos aus den reißenden Fluten gerettet, nur leider war das an dieser Stelle nicht möglich. Der Kocher ist hier nur knöcheltief, im Sommer spielen Kinder im Wasser.

Wir saßen im Wasser, mussten beide lachen und waren uns auf Anhieb sympathisch. Aus einer netten Bekanntschaft war allmählich eine noch nettere Freundschaft geworden. Isabel war der etwas herbe Typ mit einer rötlichen Haarmähne, die sorgfältig auf wild geföhnt war. Sie wirkte stets etwas kühl, aber das war nur die Maske der erfolgreichen Geschäftsfrau.

Nach dem Dessert und der mittlerweile dritten Flasche Aloxe-Corton meinte sie: »Los, komm zur Sache.«

»Welche Sache?«, tat ich unschuldig.

»Komm schon! Wenn du mich in ein Achtzehnpunkterestaurant einlädst …« Stimmt. Normalerweise machen wir getrennte Kasse.

»Also. Ich brauche ein paar Informationen aus dem Grundbuch.«

Sie verzog das Gesicht. »Du weißt …«

»Ja, ich weiß«, unterbrach ich sie. »Wenn du nicht die Bank oder die Polizei bist, brauchst du schon einen sehr triftigen Anlass, um das Grundbuch einsehen zu können.«

Ich wusste aber auch, dass Isabel einige Kniffe auf Lager hatte. Sie war Immobilienmaklerin. Vielleicht die beste der Stadt, ganz sicher aber die hübscheste. Und die gerissenste. Und sie kam immer an die Informationen, die sie eigentlich gar nicht haben durfte.

»Wie machst du das bloß?«, hatte ich sie einmal gefragt. Sie hatte mich kokett angeblinzelt und nur gesagt: »Mit den Waffen einer Frau natürlich.«

Natürlich. Ich kannte diese Waffen. Aus unserer netten Freundschaft war kurzzeitig mal eine heftige Affäre geworden, aber dann waren wir übereingekommen, dass uns zu viel verband, als dass wir das durch Beziehungskram beeinträchtigen sollten. Seitdem liebten wir uns platonisch.

Isabel Walz, ein exotisches Prachtexemplar im biederen Hall, galt als männermordend – bei denen, die nicht zum Zuge kamen, und bei neidischen Geschlechtsgenossinnen. Ich sah sie anders. Sie genoss das Leben in vollen Zügen, und zum Genuss gehörten gutes Essen, guter Wein und guter Sex. Im pietistischen Hohenlohe war eins allein schon Sünde genug.

»Welche Gemarkung?«, fragte sie.

»Wolpertshausen, speziell Hohenberg und Hergershof.«

»Dürfte kein Problem sein. Ich kenne da ein paar Leute ganz gut.«

Nichts anderes hatte ich erwartet.

»Fritz Huber?« Isabel war Profi. Sie wusste, was abging in ihrem Gebiet und hatte überall ihre Quellen.

Ich nickte. »Kann sein, dass da auch für dich was rausspringt. Ich nehme an, die werden verkaufen.«

Sie verzog das Gesicht. »Ackerland ist nicht gerade mein bevorzugtes Handelsobjekt.«

Ich schüttelte den Kopf. »Da ist mehr drin. Wetten wir um das nächste Essen, dass die lieben Erben alles loswerden wollen? Und aus Ackerland kann ja mal Bauland werden.«

Jetzt wurde sie hellhörig und bekam ihren gierigen Blick. Ich wusste doch, wie ich sie packen konnte.

»Sollte mir da was entgangen sein? Erklär's mir!«

Und ich erzählte ihr von Deyhle und der Agrorum AG. Und dass Fritz Huber Land gekauft und an die Agrorum AG weiterverkauft hatte. Einige Belege für diese Transaktionen hatte ich gesehen. Ich wollte alles wissen.

»Kommt ihr euch eigentlich ins Gehege, du und Deyhle?«, fragte ich.

Sie schüttelte den Kopf.

»Selten. Ich verkaufe Häuser, er baut Häuser. Bauträger ist nicht meine Sache.«

»Warum investiert er über die Agrorum in Ackerland? Das ist doch brachliegendes Kapital.«

»Eine Investition in die Zukunft. Wenn aus Ackerland Bauland wird, macht er den großen Reibach.«

»Wenn!«

»Sicher, das ist sein Risiko. Aber schau ihn dir doch an. Er ist erfolgreich. Er hat einen Riecher für so was. Oder die richtigen Quellen. Oder die richtigen Freunde.«

Wir machten uns mittlerweile über Josef Bauers wohlsortierte Spirituosen her.

»Es kann aber auch sein, dass er doppelgleisig fährt«, fuhr Isabel fort. »Wenn es mit dem Bauland nichts wird, kann er es immer noch als Ackerland weiter vermarkten. Die Landwirtschaft ist auch bei uns im Umbruch. Der Bedarf an Großflächen wächst. Und wenn zum Beispiel ein Biogas-Bauer fünfzig Hektar am Stück erwerben kann, zahlt er dafür durchaus auch ein bisschen mehr. Das kann sich lohnen. Er spart das in der Logistik schnell wieder ein: kurze Wege, weniger Sprit, weniger Arbeitszeit.«

Vielleicht war die Agrorum AG doch keine so schlechte Geschäftsidee.

Wohlweislich hatten wir schon vorher beschlossen, in Rosenberg zu übernachten, unseren Führerscheinen zuliebe. Es war nur noch ein Zimmer frei, aber angesichts unserer unverkrampften Beziehung sollte das kein Problem sein.

Isabel zog sich völlig ungeniert aus und schlüpfte nackt ins Bett. Ich schaute nicht weg, sondern erfreute mich an dem, was ich sah. Ich fragte mich, ob die gemeinsame Nacht wirklich so eine gute Idee war. Mein Verstand sagte mir zwar, dass wir nichts mehr miteinander hatten, aber ob das auch zu meinen Hormonen durchdringen würde?

Nach den drei Flaschen Wein, die wir heute Abend geleert hatten, erledigte sich dieses Problem jedoch von selber.

Nachts musste ich mal pinkeln. Isabel lag auf dem Rücken und schnarchte leise vor sich hin. Sie hatte sich aufgedeckt, und ich sah ihren festen, kleinen Busen, der sich im Rhythmus ihrer Atemzüge hob und senkte.

Als ich wieder wegdämmerte, erwog ich, ob wir die Art unserer Beziehung nicht nochmals neu definieren sollten.

In der Nacht träumte ich von Helena. Ich war mir nicht im Klaren, was der Traum zu bedeuten hatte.

Sonntag

Ich hatte Helena zu einem Landspaziergang überredet mit anschließendem Abendessen von Sternekoch Dillinger persönlich und gemütlichem Abend, versprochen! Aber der Nachmittag fing nicht gut an. Helena war leicht verstimmt, weil ich ihr Outfit als nicht ganz passend empfand.

»Wir promenieren nicht auf den Champs-Élysées, meine Liebe. Wir gehen aufs Land. Also bitte keine High Heels.«

War mir sowieso unklar, wie man in den Dingern überhaupt laufen konnte. Besonders in einer Stadt wie Schwäbisch Hall mit dem vielen Kopfsteinpflaster. Helena liebte Stöckelschuhe. Glücklicherweise hatte sie noch nichts von Manolo Blahnik gehört.

Sie zog die roten High Heels aus und schlüpfte in rote Lackschuhe.

»Hast du nicht neulich gesagt, dass diese Schuhe drücken?«, warf ich ein.

»Aber ich habe sonst keine Schuhe, die zu meinem Nagellack passen! Und zu meinem Rock!«

»Rock ist auch nicht so gut. Wir gehen aufs Land! Und gestern hat es geregnet.«

»Ich hasse das Land. Ich bin ein Stadtmensch.«

»Auch Stadtmenschen sind anpassungsfähig. Man könnte ja eine alte Hose und feste Schuhe anziehen«, schlug ich vor.

»Wie sehe ich denn da aus!«, rief sie empört.

Die Länge der Diskussionen über die passende Kleidung sagt viel über die Intensität einer Beziehung. Ich machte es kurz.

»Du musst ja nicht mit. Ich gehe jetzt nach unten und warte ganz genau fünf Minuten. Dann fahre ich los.«

Es ist erstaunlich, wie schnell Frauen manchmal umgezogen sein können, wenn es die Situation erfordert. Nach sieben Minuten trat sie aus der Tür, in knallengen beigen Jeans, einem hautengen roten Top, das ihren Busen prachtvoll modellierte, und einem taillenkurzen Anorak. An den Füßen hatte sie – ich wusste gar nicht, dass man das heutzutage noch trägt – blütenweiße Turnschuhe, offensichtlich neu.

Sie sah toll aus, keine Frage. Doch ich hatte die dumpfe Ahnung, dass dieser Tag nicht allzu harmonisch enden würde.

Helena war immer noch nicht in der fröhlichen Laune, die man bei einem Sonntagsausflug erwarten könnte. Lieber wäre sie überhaupt nicht mitgegangen. Aber ich hatte ihr versprochen, dass sie meinen Porsche fahren dürfe.

Als ich eine halbe Stunde später leicht transpirierend ausstieg, wusste ich wieder einmal, warum ich ihr das nicht oft zugestand. Sie war mit dem Auto überfordert. Mit mir wahrscheinlich auch.

Wir kamen quasi durch die Hintertür nach Hohenberg. Ich wollte nicht, dass mich jeder sofort sah.

Vor Cröffelbach bogen wir links ab, auf Geislingen zu, wo die Bühler in den Kocher mündet. Danach ging es steil hinauf nach Hergershof, unter der Autobahnbrücke durch. Glücklicherweise hatten wir hier einen Sonntagsfahrer vor uns, und Helena musste wutschnaubend hinterherzockeln. Hinter uns musste sich ein schwarzer BMW ebenso in Geduld fassen.

Wir parkten bei einem alten Birnbaum. Nicht weit weg dröhnte die Autobahn mit dem Ausflugsverkehr. Die Blätter flirrten in allen nur erdenklichen Rottönen, die Äste hingen, schwer vor Früchten, fast bis auf den Boden.

Mit einem kleinen Entzückensschrei, als hätte sie so was noch nie gesehen, pflückte Helena eine Birne.

»Tu's lieber nicht«, warnte ich.

»Red nicht immer mit mir wie mein Vater«, pflaumte sie mich an. Himmel ja, ich hätte es fast sein können.

Sie biss in die Birne und spuckte gleich wieder aus. Jetzt hatte sie wirklich einen Grund, sauer zu sein.

»Mostbirnen«, erklärte ich. »In flüssigem Zustand hervorragend, ansonsten ungenießbar.«

»Du hättest mich ja warnen können«, giftete sie. Frauen! Ich gönnte ihr, dass sie mit dem pelzigen Geschmack im Mund noch eine Weile zu kämpfen haben würde.

Wir gingen einen Wirtschaftsweg entlang. Die Bauern hatten die Regenpausen genutzt und ihre Gülle- und Jauchegruben geleert. Ab dem ersten November durften sie zwei Monate lang nichts mehr auf die Äcker ausbringen. Es düftelte noch immer. Schweinezucht, Schwemmentmistung. Schlimmer geht's nicht. Helena rümpfte indigniert ihr Näschen.

Und es kam, was kommen musste. Kaum waren wir ein paar Schritte gegangen, platschte Helena in einen Brocken Mist.

»Igitt!«, schrie sie. »Was ist denn das?«

War sie so blöd, oder tat sie nur so? Ich kann auch nichts dafür, wenn in solchen Momenten bei mir ein onkelhafter Ton durchschlägt.

»Weißt du, Kühe fressen, und Kühe verdauen. Genau wie wir Menschen.« Aber sie hörte mir ohnehin nicht zu.

»Mist, verdammter!«

»Genau das.«

Sie funkelte mich wütend an.

»Du machst dich lustig über mich.«

Es erschien mir in diesem Moment nicht ratsam, ihr die grausige Wahrheit zu enthüllen.

»Aber nein doch, mein Schatz. Ich bin zutiefst erschüttert über dieses Missgeschick.«

»Meine schönen Sneakers!«, jammerte sie. »Die sind ruiniert! Und wie das stinkt!«

»Jetzt hast du wenigstens ein Paar Schuhe fürs Land.«

Das war wohl keine sehr passende Bemerkung, wie mir ihr Gesichtsausdruck verriet. Ich ignorierte ihn und ging unverdrossen weiter.

Ich hatte mich auf der Flurkarte orientiert. Ich erwartete keine neuen Erkenntnisse von diesem Spaziergang, aber ich sehe eben alles gerne in natura vor mir. Das macht mich, zum Beispiel, für Telefonsex völlig ungeeignet.

Seltsame Gedankenverbindung, wie kam ich nur drauf? Ach ja, Helena.

Es würde wohl ein einsamer Abend werden. Sie stapfte missmutig hinter mir her und umging sorgsam alle Acker- und Mistbrocken auf dem Weg. Dabei machte das bisschen Dreck mehr jetzt auch nichts mehr aus.

Wir spazierten zwischen Äckern und Wiesen. Nur noch auf einer Weide zupfte eine Herde Jungrinder die letzten Gräser. Sie glotzten mich an, kamen neugierig näher und stoben erschreckt davon, als ich die Hand nach ihnen ausstreckte.

Ein scharfer Wind pfiff über die Ebene. Ein Bauer brachte die Wintersaat aus, obwohl Sonntag war. Der bullige Traktor mit seinen mannshohen Hinterrädern dröhnte über das Feld. Dieses satte Brummen eines John Deere! Aus der klimatisierten Fahrerkabine donnerte einer dieser Popsender.

Vor Jahren hatte es auch hier mal eine Flurbereinigung gegeben. »Flurneuordnung« nennt sich das offiziell, aber Verpachtungen, Verkäufe, Erbschaften und Mitgiften hatten längst wieder einen Fleckerlteppich entstehen lassen, der den Bauern lange Anfahrtswege bescherte. Statt einer neuen Neuordnung regelte der Markt das jetzt selbst, wie es immer so schön heißt.

Niemand also konnte es Huber eigentlich übel nehmen, wenn er die Gelegenheit nutzte und Land tauschte und bei Betriebsaufgaben Land zukaufte. War ja nur logisch. Ein großes, zusammenhängendes Gebiet ließ sich effektiver bewirtschaften.

Aber dabei schien er einigen gehörig auf die Füße getreten zu sein. Oder war es nur der Ärger, weil sie kapitulieren mussten und Huber davon profitierte? Oder wussten sie, dass er weiterverkauft hatte? Und warum hatte er das überhaupt getan? Und was genau hatte er verkauft? Ich hoffte, dass Isabels Recherchen einige der Fragen beantworten konnten.

»Müssen wir noch weit gehen?«, quengelte Helena. »Meine Schuhe drücken.«

Ich schaute mich um. An dieser Stelle ist man auf der Ilshofener Ebene wie auf einer Aussichtsplattform. Den tiefen Einschnitt von Bühler und Kocher ahnt man mehr, als dass man ihn sieht. Gegenüber erhebt sich der Löwenberg, und in der Ferne lassen sich die Waldenburger Berge erkennen.

Die Hügel sind mit Mischwäldern bestanden, auf einigen Wiesen und zwischen den Äckern hatte die Flurbereinigung noch alte Obstbäume übrig gelassen. Das Laub glänzte farbensatt in der milden Herbstsonne. Indian Summer in Hohenlohe.

Ich atmete tief durch und ließ mich in den Herbst hineinfallen. Vollkommene Stille, Ruhe und Harmonie.

»Meine Schuhe drücken!«, ließ sich eine Stimme vernehmen. Ach ja, da war noch jemand.

»Das hatten wir doch schon«, sagte ich. »Es ist ja auch keine gute Idee, mit neuen Schuhen auf einen Spaziergang zu gehen.« Heute war anscheinend der Tag der unpassenden Bemerkungen.

Ich schleppte Helena noch eine Weile mit. Und begann darüber nachzudenken, wie es wäre, am Ortsrand von

Hohenberg im Garten eines neuen Häuschens zu sitzen und die Aussicht zu genießen. Ein kleiner, gemütlicher Ort. Attraktive Lage. Ein Katzensprung nach Schwäbisch Hall oder Crailsheim. Gleich auf der Autobahn und damit schnell in Stuttgart oder Nürnberg. Gut, die Autobahn hörte man. Aber solange es noch Leute gab, die ihren Neubau freiwillig direkt an eine Durchfahrtsstraße stellten, sollte das kein Problem sein.

Das hatte offensichtlich auch die Improvit Entwicklungsgesellschaft erkannt – und Fritz Huber auch.

Als Helena immer theatralischer zu humpeln begann, kehrten wir um. Unsere Unterhaltung hatte mittlerweile das Stadium erreicht, in dem man besser schweigen sollte, es aber nicht kann. Ich als der Klügere gab dann schließlich nach und dachte mir meinen Teil.

»Ich habe Blasen an den Füßen.« – Selber schuld.

»Warum müssen wir unbedingt hier gehen?« – Weil's hier schön ist, aber das merkst du ja nicht.

»Ich geh nie mehr mit dir aufs Land.« – Hoffentlich.

»Liebst du mich überhaupt?« – Darüber dachte ich besser nicht nach.

Ich fuhr. Eigentlich hatte ich als Auftakt für den gemütlichen Abend Saltimbocca vorgesehen, mit dem letzten frischen Salbei der Saison, davor ein Thunfischtartar. Und über das Dessert würden wir uns schon einigen. Stattdessen nahmen wir in Cröffelbach im »Goldenen Ochsen« ein schweigsames Vesper zu uns, sie bockig, ich genervt.

Es wurde in der Tat ein einsamer Abend. Ich ganz allein mit einer Flasche Barbera von Marchesi Alfieri und dem »Tatort«.

Warum tat ich mir das eigentlich an?

Montag

Am nächsten Morgen schaute ich erst einmal bei Keller vorbei. Ich war einfach neugierig, wie unser Verhältnis nach unserem Männerabend sein würde. Duzten wir uns immer noch, oder war das nur eine Entgleisung im Suff gewesen?

Keller rückte die Verhältnisse klar, kaum dass ich zur Türe herein war.

»Dillinger«, sagte er, »was willst du schon wieder hier?«

»Ich wollte nur mal sehen, ob du schon neue Erkenntnisse hast«, erwiderte ich.

Berger glotzte uns mit offenem Mund an. Ich grinste. Er würde daran zu kauen haben, dass wir uns duzten.

Keller, dem das nicht entgangen war, sagte: »Du hast recht, wir sollten uns diesen Norbert Czichon noch einmal vornehmen. Herr Berger, das übernehmen Sie. Ich will haargenau wissen, wo Norbert Czichon an diesem Dienstag wann war. Und dann fragen Sie alle Leute, mit denen er zusammengekommen ist, ob ihnen an seinem Verhalten etwas aufgefallen ist.«

Ich schaute Keller fragend an.

»Angenommen, da ist tatsächlich etwas vorgefallen zwischen Huber und Czichon«, erläuterte er, »glaubst du, er ist so kaltschnäuzig und macht hinterher weiter wie gewohnt?«

Berger blickte unglücklich. Es kam viel Laufarbeit auf ihn zu, und er wusste nicht, warum.

»Kann mir jemand mal sagen, was überhaupt los ist?«, protestierte er und sächselte dabei mehr als gewöhnlich.

Das überließ ich Keller.

Normalerweise drücke ich mich vor Beerdigungen. Diese jedoch interessierte mich brennend. Ich hatte einen kleinen Umweg gewählt, bog in Cröffelbach rechts ab, zuckelte die Bühler in ihrem engen Tal entlang bis Unterscheffach und schlängelte mich dann hinauf auf die Hochfläche.

Wenigstens regnete es nicht. Ich hatte mich dem Anlass gemäß verkleidet. In dem dunklen Anzug von Boss mit den dezenten Streifen, dem weichen, weißen Hemd und der schwarzen Krawatte machte ich eine gute Figur. Leider sah man davon nicht viel. Es war doch so kühl, dass ich meinen schwarzen Wollmantel von Féraud drüberziehen musste.

Auf dem kleinen Friedhof von Reinsberg drängten sich die Leute. Die Neugier trieb nicht nur mich hierher.

Es war wie immer. Der Pfarrer sprach nichtssagende Worte, der Posaunenchor spielte, der Kirchenchor sang. Und doch war etwas anders. Ganz anders. Es kam keine rechte Stimmung auf. Das war keine »schöne Leich«. Man versuchte, ein lästiges Übel schnell hinter sich zu bringen, um der Konvention Genüge zu tun. Man unterhielt sich halblaut über Alltagsdinge.

Das erinnerte mich an die Anekdote, in der eine Verwandte von auswärts zu einer Beerdigung kommt und nach den örtlichen Gepflogenheiten fragt: Heult man bei euch schon in der Kirche oder erst auf dem Friedhof?

Bei der Beerdigung von Fritz Huber wäre die Antwort eindeutig gewesen. Niemand weinte. Niemand trauerte. Auch die Familienangehörigen nicht. Sie standen mit verbissenen Mienen um das Grab herum. Gerd schaute sogar hin und wieder verstohlen auf die Uhr. Er wusste, dass es nicht sein Vater war, der hier zu Grabe getragen wurde. Natürlich wussten es die anderen auch.

Und dann sah ich sie. Sie stand etwas abseits. Eine schlanke, attraktive Frau, wohl Ende zwanzig. Sie passte nicht hierher. Sie war zu elegant angezogen. Die älteren

Bauern trugen denselben schwarzen Anzug, den sie seit Jahrzehnten zu solchen Anlässen aus dem Schrank holten. Nur war er über die Jahre immer enger geworden.

Lange, dunkle Haare. Enger, schwarzer Mantel. Ich hatte diese Frau schon einmal gesehen. Zusammen mit Gerd Huber in Schwäbisch Hall.

Ich beobachtete die Hinterbliebenen genauer. Sie taten, als hätten sie sie nicht bemerkt.

Bis auf Gerd. Er drehte sich einmal um und warf der Frau einen Blick zu, den ich nicht deuten konnte. Freundlich war er jedenfalls nicht.

Aus einer unbestimmten Ahnung verdrückte ich mich leise, als der Kirchenchor eines dieser schrecklich aufbauenden Lieder sang. Und siehe da, die schöne Unbekannte wollte auch nicht das Ende der Zeremonie abwarten.

Ich sah sie in einen roten Corsa steigen und rannte zu meinem Wagen. Bis sie auf die Hauptstraße einbog, hatte ich sie eingeholt.

Es war keine besonders anspruchsvolle Aufgabe, ihr zu folgen. Sie fuhr unkonzentriert, und die Cröffelbacher Steige hinunter schaffte sie die erste scharfe Rechtskurve nur mit Mühe. Hatte sie wohl ziemlich mitgenommen, die Beerdigung.

Darum brauchte ich mir auch keine Gedanken zu machen, ob sie mich bemerkte. Und wenn schon. Wir waren eben zwei, die von einer Beerdigung zurück nach Schwäbisch Hall fuhren. Auf dieser kurvigen Strecke macht man sich ohnehin nur verdächtig, wenn man halsbrecherisch überholt.

Auch ein schwarzer BMW hielt sich schon seit längerem brav hinter mir. War wohl auf Ausflugstour, ein paar Mal hätte er an uns vorbeiziehen können, BMW-Fahrer machen das immer. Mosbacher Kennzeichen. Eigentlich nicht der Tag für einen Autoausflug. Vielleicht ein Vertreter, der noch Zeit hatte bis zum nächsten Termin.

In der Stadt hängte sie mich am Friedhofsdreieck ab. Die Ampel war bei ihr schon Dunkelgelb gewesen, ich hatte keine Chance. Als es endlich weiterging, war von ihr nichts mehr zu sehen.

Ich ergab mich in mein Schicksal, kaufte in der Konditorei Hammel eine Schachtel Comburg-Möndchen und machte mich auf den Weg zu meiner Lieblings-Sachbearbeiterin in der Zulassungsstelle.

Es war nicht ganz legal, aber Comburg-Möndchen sind ein überzeugendes Argument. Und weil die ganze Abteilung davon profitierte – Sandra achtet auf ihre Figur –, machte niemand Scherereien.

Sandra lachte, als sie mich und die unverwechselbare Schachtel sah.

»Wieder mal geheimnisvolle Ermittlungen, Herr Detektiv? Was ist es denn diesmal? Eine verschwundene Ehefrau?«

Ich winkte nur mit den Comburg-Möndchen.

»Lass gut sein für heute und schau einfach mal nach.«

Anfangs hatte ich mir halbwegs glaubhafte Gründe einfallen lassen müssen, wenn ich eine Auskunft wollte. Daraus hatte sich ein neckisches Spiel entwickelt. Sandra bestand auf möglichst abenteuerlichen Geschichten als kostenlose Dreingabe zu den Schokoladenschleckereien – je haarsträubender, umso besser.

Ich bin ja sonst nicht auf den Mund gefallen, aber heute hatte ich einfach keine Lust. Ich weiß schon, warum ich Beerdigungen lieber meide.

»Keine Geschichte – keine Auskunft«, stichelte Sandra.

»Ich komme von einer Beerdigung. Das ist die Geschichte.«

»Oh! Eine Verflossene, die der Gram dahingerafft hat?« Sandra konnte es nicht lassen.

»Beerdigungen schlagen mir auf die Phantasie«, sagte ich.

Sie hatte ein Einsehen. Die Schöne hieß Renate Petzoldt und wohnte auf der Tullauer Höhe, Hagenbacher Ring.

Eigentlich wäre jetzt ein Versöhnungsessen mit Helena angebracht gewesen. Ich überlegte, ob sich der Aufwand überhaupt noch lohnte. Bevor ich noch zu einem Entschluss gekommen war, erledigte sich die Sache von selber. Helena hatte auf dem Anrufbeantworter die Nachricht hinterlassen, dass sie zur Zeit sehr beschäftigt sei und sich wieder melden würde. Auf dem Anrufbeantworter! Sie hätte mir das übers Handy auch selber sagen können. Offenbar war sie noch mächtig sauer.

Also machte ich die Saltimboccas, die für gestern vorgesehen gewesen waren, ganz für mich alleine und öffnete dazu einen Ramì. Kein großer, aber ein eigenbrötlerischer Wein aus der Falanghina-Traube. Ich roch Pfirsich und Aprikose. Er schmeckte leicht säuerlich und hatte im Abgang einen Anklang von Bittermandel.

Wieder ein einsamer Abend. Das wurde ja direkt beängstigend, wie sie sich häuften.

Ich ging Keller suchen und fand ihn im »Ollie's«. Er schaute in sein Bierglas wie die Wahrsagerin in die Kristallkugel und tat so, als würde er mich gar nicht bemerken, als ich mich neben ihn setzte.

»Was Neues vom Viehhändler?«, fragte ich.

Keller schüttelte den Kopf.

»Niemandem ist was aufgefallen. Aber Norbert Czichon hat geschäumt, dass wir ihm hinterherforschen. Ist geschäftsschädigend, hat er gesagt. Berger hat sich einiges anhören müssen.«

»Freut mich für ihn«, grinste ich.

»Lass doch den kleinen Berger in Ruhe«, sagte Keller. »Der ist schon in Ordnung.«

»Er ist ein Arschloch!«

»Was hast du bloß gegen Berger?«

»Er ist mir einfach unsympathisch.«

»Kein Argument. Du bist auch nicht jedem sympathisch.«

»Ich? Das kann nicht sein. Du verwechselst mich mit jemandem.«

»Glaub's mir. Also, was ist?«

»Berger hat mich mal geschubst.«

»Geschubst? Deswegen? Du bist doch nicht im Kindergarten!«

»Ich hatte ein Tablett in der Hand.«

»Ein Tablett.«

»Mit zwei Gläsern. Weißt du, diese scheußlich bunten Cocktails. Giftig grün, grässlich rot und so.«

»In einer Kneipe?«

»Hier im ›Ollie's‹.«

»Seit wann holst du die Drinks mit dem Tablett?«

»Ich wollte jemanden beeindrucken. Ich habe das Tablett so richtig professionell getragen, auf den Fingerspitzen.«

»Kannst du das?«

»Logisch.«

»Und dann kam Berger?«

»Hm.«

»Und der hat dich geschubst?«

»Hm.«

»Kann ja mal passieren.«

»Ich hatte das Mädchen gerade so weit. Und dann hat Berger mich geschubst. Der rote Cocktail ging ihr in den Ausschnitt, der grüne auf ihr weißes Kleid.«

»Und Berger hat dich ausgelacht?«

»Der hat an ihr rumgefummelt mit seinem Taschentuch! Und sie vollgeschmarrt! Mit seinem erotischen Sächsisch.«

»Und?«

»Dann ist Berger mit der Tussi abgezogen.«

»Berger?«

»Berger.«

Keller nahm einen tiefen Schluck aus seinem Glas und

sagte dann: »Jetzt verstehe ich, warum er dir unsympathisch ist.«

»Dieser kleine Wichser muss irgendwelche verborgenen Qualitäten haben«, meinte ich. »Was für Klassefrauen sich mit dem abgeben!«

»Hast du eigentlich keine Freundin, dass du dich abends in den Kneipen herumtreiben musst?«, fragte er.

»Scheint mir gerade abhanden zu kommen«, erwiderte ich.

»Weiber!«, grummelte Keller.

»Einschlägige Erfahrungen?«

Keller sagte nichts.

»Läufst du wegen den Weibern immer so griesgrämig herum?«, fragte ich.

»Was weißt du schon!«

In der Tat, ich wusste von Keller eigentlich so gut wie nichts. Er war vor ein paar Jahren von Stuttgart hierher nach Schwäbisch Hall gekommen, nicht ganz freiwillig, hatte man gemunkelt. Aber nie hatte man etwas Genaueres erfahren. Und so, wie er dreinblickte, war das nicht der richtige Moment für einen Gedankenaustausch über das Privatleben.

Weiber! Aber jeden Abend mit Keller durch die Kneipen ziehen war auch nicht die Lösung.

Irgendwann musste ich mir mal ernsthaft Gedanken über meine Zukunft machen.

--------- Dienstag ---------

Am nächsten Morgen ziemlich in der Früh – zu früh für meine Verhältnisse – saß ich im Auto, die Eingangstür und den roten Corsa fest im Blick. Ich hatte mir Sonjas unauffälligen alten Golf ausgeliehen.

Das Auto mochte zwar unauffällig sein, doch ein Mann, der um diese Tageszeit im Auto sitzt und wartet, ist es mit Sicherheit nicht. Ich mimte den Vertreter, der seine Unterlagen durchsieht, und handelte mir dennoch etliche misstrauische Blicke ein.

Die meisten trotteten glücklicherweise verschlafen an mir vorbei. Die Kinder gingen zum Schulbus, die Väter fuhren zur Arbeit, die Hausfrauen würden erst später zum Einkaufen gehen, die Geschäfte hatten noch zu. Die typischen Morgenrituale in einer Wohnsiedlung.

Endlich, gegen acht, kam auch Renate Petzoldt und stieg in ihr Auto.

Es war nicht schwer, sie hinunter in die Stadt zu verfolgen. Sie bog zum Haalplatz ab.

Der Haalplatz war die Wiege der Stadt, hier hatten einst die Sieder ihr Wasser geschöpft und das Salz gesotten. Die alte Salzquelle war noch zu sehen, kein Touristenhaufen kam unbelehrt daran vorbei.

Wie immer in diesen Fällen tobte der Streit, wie solch eine historische Stätte am besten zu nutzen sei. Bis auf Weiteres hatten die Autos gewonnen. Der Haalplatz war Halls beliebtester Parkplatz, zentral gelegen, und die Eingeweihten ließen sich auch von längeren Staus nicht abhalten, wussten sie doch, dass auf dem Haalplatz ein ständiges Kommen und Gehen war.

Vor nicht allzu langer Zeit hatte es hier ein Kassenhäuschen gegeben. Die Kassierer schwitzten im Sommer und froren im Winter, hatten aber immer ein freundliches Wort für ihre Kunden. Mittlerweile waren sie durch Parkautomaten ersetzt worden. Wieder ein Stück Anonymität mehr in der Stadt.

Ich war zwei Wagen hinter Renate Petzoldt, zog meine Plastikkarte und leitete damit einen »Parkierungsvorgang« ein, wie das im Amtsdeutsch heißt. Um diese Zeit einen Parkplatz zu finden, war nicht weiter schwer.

Die Frau stieg aus, ich hinterher. Sie beachtete mich nicht. Zielstrebig ging sie auf das Miederwarengeschäft an der Ecke zu und schloss den Seiteneingang in der Kerfengasse auf.

Der Laden hatte vor Kurzem altershalber geschlossen und war längere Zeit leergestanden. Jetzt hatte er offensichtlich einen neuen Besitzer.

Und was hatte Renate Petzoldt damit zu tun?

Als ich wenig später ins Büro kam, wo es penetrant nach Räucherstäbchen roch, rief ich Sonja zu: »Warum habe ich dir eigentlich noch nie einen BH geschenkt?«

Sonja war nicht auf den Mund gefallen.

»Weil du dann eine unliebsame Begegnung mit meiner bärenstarken Freundin hättest. Die fände das nämlich gar nicht lustig.«

Eine fürchterliche Drohung. Die aktuelle Dame ihres Herzens war so zierlich, dass ich sie hätte umpusten können.

Ich erzählte von Renate Petzoldt und dem Miedergeschäft. Und erkundigte mich bei Sonja, seit wann der Laden wieder geöffnet habe.

»Seit ungefähr zwei Wochen, schätze ich.«

»Komisch, dass ich davon nichts mitbekommen habe.«

»Wirklich komisch. Dir entgeht doch sonst nichts, was in der Stadt passiert. Und dann noch bei solch reizvollen Accessoires …«

Sonja erfasste gleich, worum es mir ging. »Ich soll mich also mal in dem Laden umsehen.«

Ich nickte.

»Sei eine nette Kundin und frag die Lady ein bisschen aus. Der BH geht aufs Spesenkonto.«

Ich hatte noch nicht mal die Post ganz durchgesehen, als Sonja schon wieder zurückkam. Ohne Einkaufstüte.

»Deiner Lady gehört der Laden.«

Aber sie war nicht da gewesen. Nur eine Verkäuferin. Sonja kannte sie, weil sie schon bei der Vorgängerin gearbeitet hatte. Zu berichten wusste sie nicht viel. Ja, die Chefin sei ganz nett, aber verschlossen. Zum näheren Kennenlernen sei noch keine Zeit gewesen.

Eigentlich war Sonja ganz gut darin, jemanden in ein harmloses Gespräch zu verwickeln und dabei unauffällig auszuhorchen. Hier war wohl wirklich nichts zu holen. Außer der Nachricht, dass die Chefin kurz vor Geschäftsschluss wieder zurück sein wolle.

Ich schaute Sonja an. »Dann weißt du, was du zu tun hast.«

»Ich habe aber keine Zeit, ich bin verabredet. Warum gehst du nicht mit deiner Helena hin?«

Noch eine Einkaufstour mit Helena? Ich war doch kein Masochist! Wäre vielleicht eine nette Versöhnungsgeste. Aber nicht um diesen Preis.

Stattdessen beschloss ich, Renate Petzoldt abzupassen. Für das, was ich erfahren wollte, waren BHs und Spitzenhöschen vielleicht doch nicht das passende Ambiente.

Ich holte meinen Porsche aus der Tiefgarage des Landratsamtes, fuhr hinüber zum Haalplatz und geriet mitten ins Haller Parkplatzchaos. Lange Schlange vor der Einfahrt zum Haalplatz. Deutlich sichtbar waren noch viele Plätze frei, aber das System ließ niemanden durch. Moderne Technik. Das Programm war nicht einmal zu einfachen Rechenaufgaben fähig: einer raus, einer rein.

Doch noch bevor ich dazu kam, weiter über die technischen Defizite der Schwäbisch Haller Verkehrsplanung nachzudenken, war ich durch. Ich hatte immer noch viel Auswahl, während hinter mir die Anlage wieder dichtmachte. Einer hupte, in der Hoffnung, die Anlage zu erschrecken.

Der Corsa von Renate Petzoldt stand noch da. Natürlich war in der Nähe nichts frei. Aber ich fand einen Platz, von dem aus ich sie sehen musste.

Ich richtete mich auf ein langes, ungemütliches Warten ein. Es regnete wieder einmal, sonst hätte ich mich im Eiscafé am Haalplatz ins Freie setzen können.

Es wurde kälter und dunkler. Und irgendwann kam sie. Ich sah sie wegfahren und hängte mich dran.

Sie fuhr direkt zu ihrer Wohnung. Ich ließ ihr ein paar Minuten Zeit. Dann klingelte ich.

Ich ließ mein übliches Sprüchlein los. Sie unterbrach mich sogleich.

»Ich brauche keine Versicherung.«

»Es geht um Fritz Huber.«

Sie sah mich überrascht an.

»Er war bei uns versichert. Ich brauche noch ein paar Informationen.«

»Und?«

»Sie waren auf der Beerdigung.«

Offensichtlich war das Argument überzeugend genug. Sie ließ mich herein.

Die Wohnung war schlicht, aber geschmackvoll eingerichtet. Sie deutete stumm auf eine Polstergarnitur.

»Was wollen Sie?«

»Es gibt da noch einiges zu klären.«

Das war unverbindlich genug, um manchmal interessante Reaktionen hervorzulocken. Bei ihr nützte das nichts, sie blieb distanziert und vorsichtig.

»Warum kommen Sie dann zu mir?«

Na gut, Überraschungsangriff.

»Ich habe Sie bei der Beerdigung beobachtet. Es hat Sie offensichtlich mitgenommen. In welcher Beziehung standen Sie zu Fritz Huber?«

»Wir waren zusammen«, sagte sie einfach.

Ich schaute sie verblüfft an: Fritz Huber und eine junge Frau? Bei näherem Hinschauen korrigierte ich meine erste Schätzung etwas nach oben: doch schon Anfang dreißig. Das brünette Haar fiel in weichen Wellen über die Schultern. Gute Figur. Elegant gekleidet. Keine makellose Schönheit, aber ausgesprochen attraktiv. Sie sprach nicht, sie hauchte. Es ging mir durch Mark und Bein bis in die Lenden.

Sie hatte etwas von einer Katze an sich. Einer Schmusekatze.

Diese Frau hatte Klasse. Mein Gott, und ich gab mich mit der zickigen Helena ab!

Diese Frau und der Bauer Fritz Huber?

»Überrascht?«, fragte sie lächelnd. Doch das Lächeln ging nicht bis zu ihren Rehaugen. Die Augen blieben kalt.

Doch keine Schmusekatze. Eine Raubkatze.

»Kann man wohl sagen.«

»Ich weiß, was Sie jetzt denken: Wie passt das zusammen?«

Allerdings. Wenn ich bedenke, welche Mühen ich habe, bei hübschen Frauen zu landen … Und ich bin im besten Alter und sehe gut aus, ich bin witzig, geistreich und charmant. Was hatte einer wie Fritz Huber, was ich nicht habe?

»Fritz konnte sehr charmant und witzig sein.«

Obacht, Dillinger! Entweder kann die Frau Gedanken lesen, oder sie hat es faustdick hinter den Ohren. Wie ein guter Schachspieler war sie mir bisher immer einen Zug voraus.

Also Lektion zwei aus dem Handbuch für Gesprächstaktik: Verwirrung durch abrupte Themenwechsel.

»Wie haben Sie von seinem Tod erfahren?«

»Ich lese Zeitung. Auch die Todesanzeigen.«

Leichter Vorteil für mich. Das war garantiert gelogen. Sie hatte Gerd im »Lädle« getroffen, und sie hatten sich bestimmt nicht über Mode unterhalten.

»Wusste jemand von Ihrem Verhältnis?«

»Wir haben kein Geheimnis daraus gemacht.«

Elegant vermied sie eine direkte Antwort.

»Wie lange ging das schon zwischen Ihnen und Huber?«

»Vier, fünf Monate vielleicht.«

Nach so kurzer Zeit sollte man das eigentlich etwas genauer wissen.

»Kennen Sie Gerd Huber?«

»Woher sollte ich ihn kennen?«

Geschickt. Eine Frage mit einer Gegenfrage beantwortet. Nichts zugegeben, nichts bestritten.

»Vielleicht haben Sie ihn ja mal auf dem Hof gesehen.«

»Ich war nie auf dem Hof, das versteht sich ja von selbst.«

»Hat Huber von seinem Sohn erzählt?«

»Ja.«

Die schöne Renate war wirklich eine harte Nuss. Sie machte das clever. Sie gab nichts von sich aus preis. Sie wartete ab, in welche Richtung ich vorstieß, und parierte dann.

Sie machte das etwas zu clever. Sie wunderte sich kein bisschen über mein zielloses Herumgefrage. Sie fragte mich nicht einmal, was denn das alles mit dem angeblichen Versicherungsfall zu tun hatte.

»Wie war denn das Verhältnis zwischen Huber und seinem Sohn?«

»Angespannt. Die beiden haben sich nie gut verstanden. Als Fritz dann erfahren hat, dass Gerd gar nicht sein leiblicher Sohn war, hat er es darauf geschoben.«

Hoppla! Renate Petzoldt steuerte von sich aus eine Information bei!

»Wie hat Huber darauf reagiert?«

»Worauf?«

»Dass Gerd nicht von ihm ist.«

»Er war wütend, und er war auch traurig.«

»Mehr nicht?«

»Er hat sich Gedanken gemacht über seine Zukunft.«

»Und wie sollte die aussehen?«

»Ich glaube, er wollte seinen Hof aufgeben und sich scheiden lassen.«

»Sie glauben das nur?«

»Er war so durcheinander, er wusste nicht mehr, was er tun sollte.«

»Er wollte sich scheiden lassen, um Sie zu heiraten.«

»Ach, darüber hatten wir noch nicht gesprochen. Er hatte andere Sorgen. Ich habe ihm Halt gegeben in dieser schweren Zeit.«

Das war etwas zu dick aufgetragen. Und dann schaffte sie es tatsächlich, sich mit einem Taschentuch die Augen zu wischen – ganz vorsichtig, dass die Schminke nicht verrutschte –, als ob sie ein paar Tränen unterdrücken müsste.

Ich nahm ihr das nicht ab.

»Sie haben sich immer dienstags mit Huber getroffen?«

Wenn es sie wundern sollte, dass ich das wusste, dann zeigte sie es nicht.

»Ja.«

»Aber nicht am vergangenen Dienstag.«

»Er hatte mich angerufen und unser Treffen auf Mittwoch verschoben.«

»Wann hat er angerufen?«

»Am Montagnachmittag.«

»Und warum?«

»Ein dringender Termin, hat er gesagt, mehr nicht. Er hat auf die Mailbox gesprochen, ich war da gerade nicht erreichbar.«

»Und als er am Mittwoch nicht zu Ihnen kam, da haben Sie sich nicht gewundert?«

»Ich habe mir Sorgen gemacht, natürlich.«

»Sie haben ihn nicht angerufen, um zu fragen, was los ist?«

»Fritz hatte kein Handy. Und zu Hause anrufen wollte ich nicht, wie Sie verstehen werden.«

Das verstand ich. Anderes hingegen verstand ich überhaupt nicht. Hatte Gerd Huber sie zufällig getroffen? Hatte er sie gesucht? Woher kannte er sie? Wartet eine Geliebte voller Sorge, bis sie am Samstag rein zufällig die Todesanzeige liest? Renate Petzoldt gab mehr Fragen als Antworten.

»Sie haben das Miedergeschäft in der Haalstraße übernommen?«

»Ja.«

»Da muss man doch ein nettes Sümmchen investieren, denke ich.«

»Fritz hat mich unterstützt.«

So war das also. Und jetzt ein Schuss ins Blaue.

»Sie wussten, dass Huber seine Lebensversicherung auf Sie umschreiben wollte?«

»Ja, das hat er mir gesagt.«

»Wo waren Sie übrigens am vergangenen Dienstag zwischen acht und zehn Uhr?«

»Zu Hause. Warum?«

»Man hat Ihr Auto in Hohenberg gesehen.«

»Das kann nicht sein. Ich war hier und habe mich um den ganzen Verwaltungskram gekümmert.« Und etwas zu rasch fügte sie hinzu: »Nachdem ich unverhofft einen freien Tag hatte, konnte ich das alles mal erledigen.«

Das war bisher gar nicht ihre Art gewesen: mehr zu sagen, als ich gefragt hatte, mehr zu erklären, als notwendig war.

Ich hatte fürs Erste genug von der brünetten Sphinx und machte mich ans Gehen.

Als ich fast an der Tür war, fragte sie, und sie machte es ganz gut, dabei verlegen zu wirken: »Das klingt jetzt vielleicht sehr selbstsüchtig, aber wann gibt es denn das Geld von der Lebensversicherung?«

Langsam drehte ich mich um.

»Es gibt kein Geld.«

»Es gibt kein Geld?«

Es war mir tatsächlich gelungen, sie aus der Fassung zu bringen. So sehr sie sich auch bemühte, sie konnte es nicht verbergen.

»Warum nicht?«, fragte sie, mühsam beherrscht.

»Es ist nicht mehr zu der Umschreibung auf Sie gekommen. Wir wollten das am Dienstag erledigen. Aber als ich zu Huber kam, war er schon tot.«

»Ich dachte ...«, stotterte sie.

Sie sagte nicht, was sie dachte.

Aber ich dachte mir so einiges.

Ich fuhr nach Hause und stellte meinen Wagen wie üblich in der Tiefgarage des Landratsamtes ab.

Es hatte einiger Umwege bedurft, bis ich in Schwäbisch Hall mein ideales Domizil gefunden hatte: im Erdgeschoss das Büro, im ersten Stock meine Wohnung. Vom Parkhaus sind es nur ein paar Schritte. Ich wohne in der Gelbinger Gasse, noch mitten drin in der Innenstadt, aber doch etwas abseits des allgemeinen Trubels. Ziemlich ruhig also. Sehr ruhig an einem ungemütlichen Herbstabend. Kein Mensch war unterwegs.

Bis auf die zwei Männer, die mich vor meiner Tür in die Zange nahmen. Links einer, rechts einer.

»Dillinger?«, fragte der links.

»Dieter Dillinger?« Das kam von rechts.

Ob es etwas nützte, wenn ich's abstritt?

Die beiden Herren wirkten durchtrainiert und erweckten nicht den Eindruck, als wollten sie mit mir gemütlich ein Glas Wein trinken. Beide hatten wohl öfter eins auf die Nase gekriegt. Sie sahen aus, als könnten sie das mühelos wegstecken. Und als ob sie zurückschlagen würden.

Das war die Sorte, von der man sagt, man wolle ihnen lieber nicht im Dunkeln begegnen. Aber ich war ihnen begegnet. Und es war dunkel. Und außer uns dreien war immer noch niemand auf der Straße.

Die beiden sahen sich zum Verwechseln ähnlich. Nur dass der eine an der Nase eine Narbe hatte. Der andere hatte wohl ein paar mehr auf die seinige gekriegt.

»Sie mischen sich in Sachen ein, die Sie nichts angehen.« Links.

»Und das sollten Sie besser bleiben lassen.« Rechts.

»Welche Sachen?«

Links: »Fritz Huber.«

Rechts: »Renate Petzoldt.«

»Was wollt ihr? Das ist mein Job. Es geht um die Versicherung.«

»Es geht um gar nichts.«

»Lass die Sache einfach laufen.«

»Da gibt's für dich nichts zu tun.«

»Nur keine dummen Fragen stellen.«

Immer schön abwechselnd links und rechts. Wer schrieb den Jungs das Drehbuch?

Von links legte sich eine Hand auf meine Schulter, von rechts legte sich eine Hand auf meine Schulter. Beide Hände drückten zu.

Es tat weh.

»Lass die Finger von der Sache.«

»Halt dich da raus.«

»Das ist eine Warnung, die du ernst nehmen solltest.«

Narbennase drückte weiter, Knollennase tätschelte mir die Wange.

»Wir wollen doch nicht, dass deinem hübschen Gesicht was passiert.«

»Oder deiner hübschen Freundin.«

Ich erwog einen Moment, welche Chancen ich gegen sie hätte. Ziemlich wenig, schätzte ich. Also ließ ich es über mich ergehen.

Es war demütigend. Glücklicherweise sah uns niemand.

Die beiden ließen los und verschwanden Richtung Marktplatz.

Ich nahm die Warnung durchaus ernst. Aber wenn die beiden Nasenbären geglaubt hatten, sie könnten mich einschüchtern, hatten sie sich getäuscht.

Ich rief Sonja an. Zeit für einen Kriegsrat. Sie war etwas ungehalten. Offensichtlich störte ich einen gemütlichen Abend. Aus purer Gemeinheit bestand sie auf dem »Indian Forum«. Sie wollte sich nicht mehr umziehen, sagte sie. Dabei wusste sie, dass die Weinauswahl dort nicht meinen Ansprüchen genügte.

Ihre zierliche Freundin war auch dabei. Sie hatte Glupschaugen und hieß Miriam. Beide trugen Sari. Hier fielen sie wenigstens nicht auf.

Als ich von den beiden starken Jungs erzählte, schaute Miriam mich groß an. War ich in ihren Glupschaugen jetzt ein großer Held oder ein erbärmlicher Idiot? Eigentlich konnte mir das egal sein, die Dame war ja doch nicht zu haben für mich. Trotzdem machte ich mir Sorgen um meinen Ruf.

»Wer kann die beiden geschickt haben?«, sinnierte Sonja.

»Da kommt nur einer infrage: Deyhle«, sagte ich.

»Oder der Viehhändler.«

»Ausgeschlossen.« Ich schüttelte den Kopf. »Welchen Grund sollte er haben? Und außerdem: Wenn er mich bedrohen will, kann er das auch selber machen. Er hat ja einschlägige Erfahrungen.«

»Und welchen Grund sollte Deyhle haben?«, fragte Sonja.

»Das, Miss Marple, müssen wir herausfinden. Im Moment sehe ich noch keine Verbindung.«

»Denken wir erst mal über Fritz Huber und Renate Petzoldt nach«, sagte Sonja. »Was hältst du von dieser Beziehung? War das die große Liebe?«

»Für Fritz Huber wahrscheinlich schon. Alles deutet darauf hin: Er gibt ihr Geld, damit sie das Miedergeschäft kaufen kann, wofür er wahrscheinlich die Grundstücke verkauft hat. Er will seine Lebensversicherung auf sie umschreiben, er will möglicherweise sogar sein Testament zu ihren Gunsten ändern. Das macht einer wie Huber nicht aus einer bloßen Laune heraus.«

»Warum macht er es dann?«

»Seine Ehe ist kaputt, sein Sohn ist nicht sein Sohn – alles, wofür er sein Leben lang geschuftet hat, stimmt plötzlich nicht mehr. Seine Vergangenheit stimmt nicht mehr. Eine Zukunft hat er nicht. Nicht in dieser Konstellation. Und dann taucht eine junge Frau auf. Hübsch, sexy, anschmiegsam. Verständnisvoll. Sie macht ihm schöne Augen, und es ist um ihn geschehen. Jetzt sieht er wieder eine Zukunft. Und dafür gibt er alles auf.«

»Ein Mann Mitte fünfzig und eine zwanzig Jahre jüngere Frau?«, sagte Sonja. »Ein Bauer und eine elegante Schönheit? Das konnte doch nicht gut gehen!«

»Männer!«, schnaubte Sonjas kleine Freundin.

Da hatte sie nicht ganz unrecht. Aber ob das bei verliebten Frauen anders war? Diese Grundsatzdiskussion wollte ich jetzt nicht führen.

Auch Sonja ging nicht darauf ein, sondern fragte: »Und was ist mit der Petzoldt? War das auch für sie die große Liebe?«

»Ich kann sie schwer einschätzen, aber das glaube ich nicht. Ich nehme an, dass sie sehr schnell gemerkt hat, was mit ihm los ist, und das hat sie ausgenutzt.«

»Sie hat ihn ausgenommen wie eine Weihnachtsgans.«

Ich zuckte mit den Schultern.

»Er hat es ja offensichtlich mit sich machen lassen.«

Ich wollte jetzt wirklich nicht darüber nachdenken, was ich in meine diversen Freundinnen schon investiert hatte.

»Gehen wir doch mal die Abläufe letzte Woche durch«, schlug Sonja vor.

»Ich war ursprünglich für Montagnachmittag mit Huber verabredet, um die Lebensversicherung umzuschreiben.«

»Auf Renate Petzoldt mutmaßlich.«

»Mit ziemlicher Sicherheit auf Renate Petzoldt. Aber am Morgen ruft Huber mich an und verschiebt unseren Termin auf Dienstagvormittag. Und gleichzeitig verschiebt er sein allwöchentliches Treffen mit Renate von Dienstag auf Mittwoch.«

»Logisch. Weil er mit dir verabredet war.«

»Und sowohl mir als auch Renate gibt er als Begründung wichtige Termine an, ohne nähere Erläuterung.«

»Wenn es stimmt, was Renate dir gesagt hat.«

»In diesem Punkt glaube ich ihr sogar. Sie war wirklich von den Socken, dass die Lebensversicherung nicht auf sie umgeschrieben ist.«

»Sie ging also davon aus, dass die Umschreibung bereits erfolgt ist«, sagte Sonja.

»Richtig.«

»Möglicherweise wusste sie, dass das für Montagnachmittag geplant war.«

»Könnte sein.«

»Und wenn das so gewesen wäre, wie ursprünglich geplant, dann wäre sie am Dienstag zwischen acht und zehn Uhr zu einer ziemlich vermögenden Frau geworden.«

»Worauf willst du hinaus?«

»Dass sie das Eintreten des Versicherungsfalls etwas beschleunigt hat«, sagte Sonja.

»Konkret: Sie hat Huber vom Heuboden gestoßen, um abzukassieren«, sagte ich.

»Genau so.«

»Und warum?«

»Reine Vorsichtsmaßnahme. Könnte ja sein, dass die große Liebe rasch verwelkt, und bevor der Huber sich's wieder anders überlegt ... Oder sie hat es von vornherein so geplant. Sie hat einen Trottel gesucht, dem sie die Taschen leeren kann.«

»Frauen!«, zischelte ich Sonjas kleiner Freundin zu.

Sie sagte nichts.

»Es kann aber auch ganz anders gewesen sein«, sagte ich. »Hubers Frau und sein Sohn wussten, was Huber vorhatte. Und das wollten sie verhindern.«

»Warum erst am Dienstag und nicht schon eher?«, fragte Sonja.

»Vielleicht haben sie es vorher nicht gewusst. Und dann war der Dienstag die letzte Gelegenheit.«

»Bevor du gekommen bist.«

»Bevor ich gekommen bin.«

»Die Frage ist: Warum hat Huber die Termine verschoben? Was hatte er am Montag so Wichtiges vor? Und warum hat er Renate nichts davon gesagt, dass er auch deinen Termin verschoben hat, dass also die Lebensversicherung noch gar nicht umgeschrieben ist?«

»Vielleicht hängt das mit der anderen Frage zusammen: Was hat Deyhle damit zu tun? Wo ist die Verbindung zu Renate Petzoldt? Die bösen Jungs haben ihren Namen erwähnt.«

»Ich werde mich gleich morgen früh noch mal umhören«, versprach Sonja. »Vielleicht erfahre ich doch noch etwas. Aber für heute reicht es. Ab in die Kiste!«

Sie hatte es gut. Sie hatte wenigstens ihr Mädchen dabei. Ich war allein.

Mittwoch

Ich hatte noch nicht mal gefrühstückt, als Isabel mich anrief und mich zu sich ins Büro bestellte. Wenn schon. So begann der Tag wenigstens mit einem erfreulichen Anblick. Und Kaffeekochen konnte sie auch. Sie hatte sogar Croissants besorgt, ofenwarm.

Auf ihrem großen Besprechungstisch war ein Flurplan von Hohenberg ausgebreitet. Sie hatte verschiedene Grundstücke mit unterschiedlichen Farben markiert.

Grün, so erläuterte sie, war Hubers ursprünglicher Besitz: das Familienland und das Land, das er im Laufe der Jahre gegen andere Grundstücke eingetauscht hatte. Blau markiert war das Land, das er in den letzten sechs Monaten gekauft hatte. Und rot dasjenige, das er an die Agrorum AG weiterverkauft hatte.

Er hatte nicht nur zugekaufte Grundstücke abgestoßen, sondern auch eigene.

Ich wollte gar nicht wissen, wie Isabel an diese Informationen gekommen war.

»Erkennst du das Muster?«, fragte sie.

Ich erkannte gar nichts. Außer dass Deyhle ganz schön viel Land besaß.

»Mit dem Land kann Deyhle aber nicht viel anfangen«, sagte Isabel. »Das ist ein Flickenteppich. Keine zusammenhängenden Flächen. Die Verbindungsglieder gehören alle Huber.«

»Und wenn Deyhle die nicht auch bekommt …«

»… hat er viel Geld investiert in Land, das ihm überhaupt nichts bringt«, ergänzte Isabel.

»Es wäre also denkbar, dass Deyhle den Huber gehörig

unter Druck gesetzt hat, um an das restliche Land zu kommen«, sagte ich.

»Oder andersrum: Huber weiß, dass Deyhle das Land braucht, und setzt ihn unter Druck, um mehr Geld zu bekommen.«

»Was sich dann wieder Deyhle nicht gefallen lässt.«

Und auf dem Heuboden gibt es eine Auseinandersetzung, in deren Verlauf es zu einem tödlichen Unfall kommt. Ich konnte mir schon vorstellen, wie Deyhles starke Jungs den Bauern bedrängten.

»Ich habe noch etwas entdeckt«, sagte Isabel.

Sie breitete ein paar Blätter aus und setzte sich daneben auf den Tisch. Sie trug einen sehr kurzen Rock, der jetzt noch mehr Oberschenkel sehen ließ. Schöne, muskulöse, durchtrainierte Oberschenkel. Ich hatte Mühe, mich auf das zu konzentrieren, was sie mir erzählte.

Sie war wirklich fleißig gewesen und hatte Listen mit den Kaufdaten zusammengestellt. Die Verkäufe hatten vor etwa fünf Monaten begonnen. Anfangs hatte Huber einige Grundstücke zusammen verkauft, dann fast mit Regelmäßigkeit etwa eines pro Woche.

»Warum hat er das gemacht?«, fragte ich erstaunt. »Warum dieser Aufwand? Jede Woche zum Notar!«

»Wahrscheinlich wollte er Deyhle zappeln lassen«, vermutete Isabel.

»Das war wohl das wöchentliche Taschengeld für seine Geliebte«, sinnierte ich.

»Geliebte?«, fragte Isabel verblüfft.

Ich erzählte ihr von Renate Petzoldt.

»Donnerwetter«, sagte Isabel. »Das hat die Frau aber geschickt angestellt.«

»Du glaubst nicht an die große Liebe?«

»Ich glaube nie an die Liebe, wenn es um Geld geht«, konterte Isabel lächelnd.

»Wann hat Huber eigentlich zuletzt verkauft?«, fragte ich.

»Vor vier Wochen.«

Vor vier Wochen. Drei Wochen vor seinem Tod. Warum hatten die Verkäufe aufgehört? Was war da vorgefallen?

»Das musst du herausfinden«, sagte Isabel. Ich hatte wohl laut gedacht.

»Wir haben schon mal darüber geredet, aber nochmals zur Klarstellung: Was will Deyhle mit dem Land anfangen?«, fragte ich.

»Zunächst mal das Naheliegende: Bauland.«

»Ist da was im Gespräch?«

»Im Gespräch ist das immer und überall. Und immer gibt es zwei Gruppen. Dafür sind Geschäftemacher wie Deyhle und Landwirte, die mit der Landwirtschaft aufhören und sich das große Geld versprechen. Dagegen sind die Bauern, die sich gut halten können, und ein paar einsichtige Lokalpolitiker, die die Zersiedelung der Landschaft befürchten.«

»Wer hat die Oberhand?«

»Ich habe mich umgehört. Ein Neubaugebiet in Hohenberg ist nicht vom Tisch, aber im Moment auch nicht aktuell. Das könnte sich nach Hubers Tod ändern.«

»Was hat Hubers Tod damit zu tun?«, fragte ich erstaunt.

»Er war einer derjenigen, der sich noch dagegen gewehrt hatte, als das Thema das letzte Mal so halboffiziell diskutiert wurde. Aber zwischenzeitlich hat er sich wohl besonnen, wozu hätte er sonst an Deyhle verkauft? Jetzt ist er tot. Und seine Familie sitzt auf viel Land. Ich glaube ja nicht, dass seine Frau oder sein Sohn weitermachen wollen. Vor allem nicht, wenn sie einen Batzen Geld herausschlagen können.«

»So gesehen profitieren beide, wenn Huber tot ist: die Erben und Deyhle«, musste ich einräumen. Und unter dem Deckmantel der Fürsorge für die armen Hinterbliebenen würde Deyhle Druck machen und vielleicht sogar noch ein bisschen mehr Profit herausschlagen können.

»Die ganze Sache ist aber höchst riskant für Deyhle. Was, wenn es doch nicht klappt mit dem Bauland?«, fragte ich.

»Dann hat Deyhle noch andere Optionen. Zum Beispiel Großflächen für die Großbauern, das hatten wir ja schon. Oder aber – kennst du das Gelände?«

Ich nickte. An meinen verunglückten Spaziergang mit Helena erinnerte ich mich nicht gerne.

»Eine Hochfläche, über die der Wind fegt …«

»Windräder?«

Isabel nickte.

»Das kann ich mir nicht vorstellen«, sagte ich. »Du kennst die Diskussionen. Windräder sind kaum noch durchzukriegen. Verschandelung der Landschaft und so. Außerdem sind hier in der Gegend Standorte für Windräder ausgewiesen, und Hohenberg gehört nicht dazu.«

»Lass die Energiepreise erst mal weiter steigen«, sagte Isabel. »Wenn dann einer kommt und hohe Renditen verspricht – was glaubst du, wie schnell da einige einknicken?«

»Das ist für Deyhle aber ein Entweder-Oder. Wenn die Windräder erst einmal stehen, kann er nicht mehr bauen. Wer möchte schon neben so einem knatternden Ding wohnen?«

Isabel lächelte.

»Kennst du die Leidensfähigkeit der Menschen, wenn es um ein bezahlbares Eigenheim geht? Und wer sagt denn, dass die Windräder vor den Häusern gebaut werden müssen?«

»Du meinst, Deyhle verkauft erst die Bauplätze und stellt dann Windräder hin?«

»Wer weiß, was in Deyhles Kopf vor sich geht? Er gilt in der Branche als skrupellos.«

»So skrupellos wie du?«

»Ich bin nur eine hart arbeitende Geschäftsfrau. Und nun schwing dich, die Geschäftsfrau hat zu tun.«

»Mal wieder ein paar Leute übers Ohr hauen?«

»Ich will mal sehen, ob es in Hohenberg ein paar Bauplätze zu kaufen gibt.«

»Das ist doch nicht dein Ernst!«

»Ich will mit den Hubers plaudern. Und vielleicht auch mit Deyhle. Ein paar Steine ins Wasser werfen und die Wellen beobachten. Das alles kostet dich übrigens ein Abendessen.«

»Wo?«

»Wie wäre es mit dem »Alten Amtshaus« in Ailringen?«

Sechzehn Punkte im Gault Millau. Das ließ sich hören.

Ich war schon an der Tür, als Isabel mich zurückrief: »Ach, das hätte ich fast vergessen: Am vergangenen Montag hatte Huber eigentlich einen Notar-Termin, den er aber kurzfristig abgesagt hat.«

»Und?«, fragte ich. Ich merkte, dass Isabel mich zappeln lassen wollte, und spielte mit.

»Es ging um eine Testamentsänderung.«

»Ach, das ominöse Testament. Davon habe ich schon gehört, ja.«

»Und es interessiert dich natürlich nicht, was drinstehen sollte?«

»Nicht die Bohne«, antwortete ich im Brustton der Überzeugung.

»Spielverderber!«, erwiderte Isabel lachend. »Auch wenn du mich nicht auf Knien darum bittest: Pflichtteil für Frau und Sohn, alles andere an Renate Petzoldt.«

»Du Aas hast von Renate Petzoldt schon gewusst!«, sagte ich.

»Ich kannte den Namen, nicht die Hintergründe«, sagte Isabel.

»Danke für die Infos«, erwiderte ich und ging nun wirklich.

»Zwei Abendessen!«, rief Isabel hinter mir her.

Und wenn schon. Das Testament war ein interessanter Aspekt. Um den Pflichtteil, die Hälfte des Vermögens, kam Huber nicht herum. Aber wenn nicht mehr viel da war zum Erben? Hatte Huber nicht nur verkauft, um Renate Petzoldt zu finanzieren, sondern auch, um den Hof auszubluten? Übte er auf diese Weise Rache für den untergeschobenen Sohn?

Ich würde mich nicht zu sehr auf Deyhle und die Petzoldt konzentrieren.

Ich traf Helmar Haag wie üblich beim Morgenkaffee im »Simonetti«. Er produzierte mit seiner Pfeife dicke Rauchwolken, was den Leuten am Nebentisch sichtlich nicht behagte. Haag ließ sich davon nicht stören.

»Was weißt du über ein Neubaugebiet in Hohenberg?«, fragte ich und ließ mir einen Cappuccino bringen.

»Steht immer mal wieder zur Diskussion. Bisher ist nichts daraus geworden. Die Einheimischen wehren sich dagegen, wie ich gehört habe. Wollen unter sich bleiben.«

»Deyhle kauft dort systematisch Grundstücke. Über die Agrorum AG.«

»Sag bloß!«

»Offensichtlich war Huber sein Strohmann. Huber hat gekauft und dann weiterverkauft an Deyhle.«

Haag produzierte noch ein paar Rauchwolken mehr. Die Leute am Nebentisch kapitulierten und zahlten.

»So macht er das also«, sagte Haag nach einer Weile. »Hatte mich schon gewundert, weshalb ausgerechnet Deyhles Firmen als Erste zur Stelle waren, wenn irgendwo gebaut wurde. Raffinierte Taktik.«

»Erklär sie mir«, bat ich ihn. Mal sehen, ob wir zu dem gleichen Schluss kamen.

»Ist doch ganz einfach«, sagte Haag. »Er hört sich um, wo eventuell gebaut werden soll.«

»Wie erfährt er von solchen Plänen?«

»Bevor sich eine Gemeinde ernsthaft über ein Neubaugebiet Gedanken macht, wird das lange vorher unter den Einwohnern beredet. Du brauchst nur zuzuhören. Spiel Mäuschen bei einem Dorffest, und du bist über alles im Bilde.«

»Ich kann mir nicht vorstellen, dass sich ein Deyhle unters Volk mischt, so geschniegelt, wie der sich gibt.«

Haag schüttelte den Kopf. »Dem würde auch niemand was erzählen. Braucht er auch nicht. Zuträger zu finden ist nicht schwer.«

»Zum Beispiel?«

»Zum Beispiel die Viehhändler, die die Dörfer abgrasen. Oder besser noch die Fahrer von der Molkerei, du weißt schon, die morgens die Milch bei den Bauern abholen. Die holen nicht nur, die bringen auch was. Die Dorfbewohner können bei ihnen alle Molkereiprodukte kaufen. Dadurch kommen sie nicht nur in Kontakt mit den Milchbauern, die sowieso immer weniger werden, sondern auch mit dem Rest des Dorfes.«

»Und immer bleibt Zeit für ein kleines Schwätzle.«

»Ich habe mal eine Reportage über die Milchfahrer gemacht. Die fahren auf ihrer Tour von Dorf zu Dorf und kennen alle Bauern. Du musst dich nur auf die Schwätzle einlassen und ein bisschen nachfragen, und du weißt alles. Die heißen Themen im Dorf. Wer mit wem. Und wer vielleicht ein Äckerchen verkaufen möchte, weil er's sowieso nicht mehr nutzen will und dringend Geld braucht.«

Er holte seinen Pfeifenstopfer aus der Tasche und hantierte damit herum. Ich hatte es auch mal mit dem Pfeiferauchen probiert, weil das so intellektuell wirkt, ganz schnell aber wieder aufgehört.

»Der Informationsfluss«, fuhr er fort, nachdem die Pfeife wieder zog, »funktioniert in beiden Richtungen. Ein Milchfahrer oder ein Viehhändler kann dem Bauern auch einen Tipp geben, wo er seinen Acker losbringt.«

»Da hast du deine Story.«

Er schüttelte den Kopf. »Das ist keine Story. Das ist nur eine Mutmaßung, wie ich es anstellen würde.«

»Mit etwas Recherche wird eine Story daraus«, versuchte ich ihn zu locken.

Mit seiner Pfeife schien was nicht zu stimmen heute. Er stocherte herum. Genau deswegen hatte ich es wieder aufgegeben. Die Rituale waren mir zu umständlich.

»Welche Story? Dass einer was erzählt, was er von einem anderen gehört hat? Klatsch ist kein strafrechtlich relevanter Tatbestand.«

»Wir können Deyhle aus der Reserve locken.«

»Damit doch nicht! Das ist übliches Geschäftsgebaren. Du hörst dieses, du hörst jenes, du fragst nach, du ziehst deine Schlüsse daraus, du handelst.«

»Ich gehe mal davon aus, dass Deyhle für seine Informationen bezahlt.«

Wenn Haag mal in Fahrt war, neigte er zum Extemporieren und konnte damit auch ganz schön nerven.

»Als verantwortungsbewusster Journalist stellst du dir die alte Frage: Wem nützt es? Natürlich bezahlt Deyhle. Aber was passiert, wenn ich das veröffentliche, und sei's nur andeutungsweise? Der Milchfahrer kriegt Ärger mit dem Finanzamt, weil er die paar Kröten bestimmt nicht versteuert. Der Milchfahrer kriegt Ärger mit seiner Firma. Vielleicht verliert er sogar seinen Job. Er macht zwar nichts Illegales, nicht mal was Unehrenhaftes, aber es hat doch ein Gschmäckle, das man nicht auf sich sitzen lassen möchte. Also, was ist damit gewonnen? Du machst ein paar Leuten, die nichts Schlimmes getan haben, Scherereien – und das alles wegen einer netten Schlagzeile.«

Deswegen war Helmar Haag beim »Haller Kurier« und nicht bei der »Bild«.

»Und außerdem«, fuhr Haag fort, »hat Deyhle garantiert ein abgestuftes Netzwerk von Informanten. Du glaubst doch selber nicht, dass der persönlich einen Milchfahrer ausquetscht?«

»Also noch mal Schritt für Schritt«, sagte ich. »Deyhle hört, dass irgendwo ein Baugebiet angedacht wird. Er kauft Grundstücke. Und benutzt dazu die Agrorum AG als Tarnfirma.«

»Weil er mehr bezahlen müsste, wenn er offiziell auftreten würde«, bestätigte Haag. »Und wichtiger noch: weil er sonst vielfach abblitzen würde.«

»Warum das? Hat er einen so schlechten Ruf?«

»Gegen ein Neubaugebiet gibt es immer Widerstände. Wenn er zu früh einsteigt, verstärkt er diesen Widerstand. Die Hohenloher Bauern haben nichts dagegen, ein paar Taler zu verdienen, aber sie werden knatschig, wenn einer auf ihre Kosten spekuliert. Da wollen sie das Geschäft lieber selbst machen – oder gar nicht.«

Ich wusste, wie stur die Hohenloher sein konnten. Ich hatte täglich mit ihnen zu tun. Und ich bin selber einer.

»Deyhle setzt sich also irgendwo fest«, sagte ich. »Aber wenn dann doch nicht gebaut wird, ist er angeschissen. Er hat viel Geld bezahlt für ein paar Äcker.«

»Jetzt kommt die zweite Stufe des Plans«, sagte Haag und lehnte sich behaglich zurück. Ich machte mich auf langatmige Erklärungen gefasst. Ich konnte mir vorstellen, was die Volontäre auszuhalten hatten, die sich von ihm belehren lassen mussten.

»Jetzt streut Deyhle von sich aus Gerüchte über ein Baugebiet, das es geben wird. Aber nur, wenn auch genügend Fläche zusammenkommt. Schon hat er ein paar Leute, die plötzlich höchstes Interesse an einem Baugebiet haben – weil sie selber daran verdienen. Vielleicht hat er auch den einen oder anderen Entscheidungsträger in der Hand. Und so steigt dann der Druck auf die Lokalpolitiker immer mehr, und irgendwann ist das Baugebiet da, das erst keiner haben wollte.«

»Klingt einfach«, sagte ich.

»Klingt einfacher, als es ist. Deyhle geht ein enormes Risiko ein. Lange Kapitalbindung. Die Rechnung geht nicht auf, wenn zu früh bekannt wird, dass er aufkauft. Oder wenn einer querschießt.«

»Wie Huber.«

»Hat der?«, fragte Haag.

»Einiges deutet darauf hin, dass er Deyhle ausmanövriert hat. Oder ihn zumindest hat zappeln lassen.«

Und ich erzählte von den Verkäufen, die abrupt gestoppt worden waren. Und dass Deyhle bisher nur über verstreute Grundstücke verfügte, die Filetstücke aber noch in der Hand von Huber waren.

»Ich hatte erst gedacht, Huber ist der Strohmann für Deyhle«, erklärte ich. »Aber dafür hat er ja die Agrorum. Ich glaube, Huber hat mit Deyhle sein eigenes Spiel gespielt.«

»Interessant«, sagte Haag. »Dann war der Huber ja richtig gefährlich für Deyhle.«

»So gefährlich, dass er deswegen sterben musste? Traust du das Deyhle zu?«

»Ich traue Deyhle prinzipiell alles zu.«

»Jetzt hast du endlich deine Story.«

»Jetzt habe ich erst einmal viele Fragen an viele Leute.«

Und ich hatte zwei Leute, die Deyhle unabhängig voneinander in die Zange nehmen würden. Drei, wenn ich mich noch dazurechnete.

Keine schlechte Arbeit für diesen Morgen. Mal sehen, wann Deyhle ins Schwitzen kommen würde.

Zunächst aber machte ich mich wieder einmal auf den Weg zu den Hubers. Mit Sonja als Begleitung. Vier Ohren hören besser. Weibliche sogar manchmal Untertöne. Behauptet Sonja.

Hinter Veinau war es endgültig klar, dass ich wieder den schwarzen BMW hinter mir hatte.

»Wir haben einen Schatten«, sagte ich zu Sonja.

»Darf ich mich umdrehen?«, fragte Sonja.

»Klar. Die bemühen sich nicht, unauffällig zu sein. Die wollen, dass wir sie bemerken.«

»Deine Jungs von gestern Abend?«

»Anzunehmen. Schreib dir mal die Nummer auf. Und dann verbinde mich mit Sandra von der Zulassungsstelle.«

Bis Sandra am Handy war, hatte ich Zeit, mir eine dumme Geschichte zurechtzulegen.

»Hallo, Süße«, sagte ich. Sonja verzog das Gesicht. »Kann jetzt nicht viel reden. Bin hier auf einer wilden Verfolgungsjagd. Ich bin hinter zwei Kerlen her, die haben eine Jungfrau gekidnappt, und was glaubst du, was die mit der machen, wenn ich sie nicht erwische. Scheiße! Fast hätte ich die Kurve nicht mehr gekriegt! Mann, das war knapp! Und deshalb muss ich wissen, wem das Auto gehört. Ich geb dir jetzt meine Partnerin. Ich brauche beide Hände zum Fahren, und irgendwie muss ich ja auch noch die Pistole halten.«

Und Sonja gab die Nummer durch und notierte, was Sandra ermittelte.

»Und so einen Schmarrn nimmt dir deine Sandra ab?«, fragte sie.

»Nein. Sie hält mich wahrscheinlich für total bekloppt. Aber wir haben den Halter, oder?«

»Securitas GmbH, Mosbach.«

»Einfallsreicher Name. Aber wenigstens eindeutig.«

»Was willst du jetzt machen? Sie abhängen?«

»Ich wüsste nicht, wie ich das auf dieser Strecke machen sollte. Außerdem will ich das gar nicht. Die sollen ruhig sehen, wohin wir gehen. Mal sehen, was sie dann unternehmen. Aber ein bisschen ärgern kann ich sie.«

Wir waren inzwischen die Cröffelbacher Steige hinauf. Ich bog aber nicht nach Hohenberg ab, sondern fuhr durch Wolpertshausen halb durch und dann links Richtung Haßfelden.

Hinter Haßfelden fuhr ich mal langsamer, gab wieder Gas, bremste plötzlich ab. Ich wollte sie zwingen, sich auf mich zu konzentrieren und nicht auf die Straße zu achten. Denn wir kamen jetzt zu der Stelle, wo die Straße die Form eines T hat. Wir fuhren auf die Querspange zu. Ob nach links oder rechts, die Straße machte jeweils einen Neunziggradschwenk. Teuflischerweise ging es danach gleich wieder in eine Kurve. Diese Stelle war schon manchem ortsunkundigen Spätheimkehrer im Halbsuff zum Verhängnis geworden.

Ich hatte den Heimvorteil. Und ich hatte vor Jahren mal einen Kurs gemacht.

Ich trat das Gaspedal voll durch. Mein Carrera schoss davon. Dreihunderfünfundfünfzig PS jagten auf die Querspange zu.

»Gut festhalten!«, sagte ich zu Sonja.

Der BMW hielt mit, das war kein Wunder.

Jetzt kam es darauf an. Mein Porsche hatte es drauf. Mal sehen, ob ich auch.

Wir waren kurz davor.

»Dillinger, du spinnst!«, schrie Sonja.

Ich ging kurz vom Gas, schaltete herunter, stieg mit der Fußspitze voll aufs Bremspedal, gab mit dem Absatz gleichzeitig wieder Gas und riss das Steuer herum. Im vollendeten Powerslide ging es nach rechts ab.

Ich war entschieden aus der Übung. Mein Wagen drehte sich um mehr als neunzig Grad. Ich sah einen Graben auf mich zukommen, ich kurbelte, bremste, beschleunigte, wusste für einen Moment überhaupt nicht mehr, wo ich war, und dann hatte ich den Wagen wieder gefangen.

Neben mir stieß jemand jede Menge Luft aus.

Hinter mir quietschten Reifen, dann hörte ich es. Das hässliche Geräusch, wenn Metall sich verbiegt.

»Operation geglückt, Feind im Graben«, presste ich hervor. »Jetzt machen wir mal schön langsam, dass die uns wieder einholen können.«

In Wahrheit musste ich mich selbst erst wieder fangen. Ich zitterte am ganzen Körper.

Ich spürte, dass Sonja zu einer gewaltigen Schimpfkanonade ansetzten wollte. Dann merkte sie, was mit mir los war.

»Mein Held«, sagte sie nur. Manchmal wissen Frauen, was ein Mann hören will. Selbst lesbische.

»Aber mach das nie wieder! Auch nicht, wenn ich nicht dabei bin!«, setzte sie hinzu.

Ich konnte fast schon wieder lächeln.

»Beim nächsten Mal wird's besser«, versprach ich. »Ich bin jetzt wieder in Übung.«

Kurz vor Windisch-Brachbach holten sie uns wieder ein. Sie waren besser, als ich gedacht hatte. Jeder andere hätte sich aus dem Graben ziehen lassen müssen. Sie konnten immerhin noch fahren.

Dann zuckelten wir über Obersteinach und Hörlebach zurück nach Wolpertshausen.

Ich spielte erneut ein bisschen Haschmich mit ihnen. Beschleunigte, bremste wieder ab. Die Jungs hatten bestimmt kein Auge für die Landschaft, und so entging ihnen auch der Landturm bei Hörlebach, das letzte Überbleibsel der Landheg, einst ein Wall mit Hecken und Gräben, mit dem die Stadt Hall ihren Besitz umgrenzte. Innerhalb der Landheg galt Haller Recht und galten vor allem die Haller Zölle.

Manchmal fuhren sie so dicht auf, als wollten sie mich von der Straße schubsen. Doch so weit ging ihr Auftrag wohl nicht. Ich hätte ja mal abrupt bremsen können, dann wären sie voll aufgefahren. Aber dafür war mir mein Porsche doch zu lieb und zu teuer. Von vorne war an ihrem

Wagen nichts zu sehen. Wahrscheinlich hatte es sie links hinten erwischt.

Als wir in Hohenberg zu den Hubers abbogen, fuhren sie geradeaus weiter. Aber sie würden warten, das wusste ich.

Im Hof der Hubers stand ein silbergrauer Mercedes der S-Klasse. Hoher Besuch. Der Wagen der Hubers war das nicht.

Anita Huber wirkte etwas verwirrt, als sie uns öffnete. Und nicht sehr einladend. Ich kümmerte mich nicht darum, sondern drängte mich einfach an ihr vorbei. Stimmen aus der guten Stube. Im Sessel saß Deyhle.

Donnerwetter, der große Zampano höchstpersönlich kümmerte sich um die Sache!

Als er mich sah, stand er schnell auf.

»Nun, Herr Huber, so weit ist ja alles klar«, sagte er und schüttelte Gerd und Anita Huber die Hand. Als er an mir vorbeiging, lächelte er mich ölig an. Und tat so, als hätte er mich noch nie gesehen.

Gerd Huber schien eine Nachricht erhalten zu haben, die er erst noch verdauen musste. Seinem Gesichtsausdruck nach war es allerdings eine gute Nachricht.

Ich stellte Sonja als die »zuständige Sachbearbeiterin für den vorliegenden Fall« vor. Sie nahm die Degradierung unbeeindruckt hin.

Gerd baute sich mit seiner ganzen Masse vor mir auf. Das wurde langsam zur Manie bei ihm.

»Sie haben hier nichts zu suchen«, sagte er. Auch das hatten wir schon.

»Und um die Unfallversicherung brauchen Sie sich auch nicht mehr zu kümmern«, fuhr er fort. »Ich habe sie gefunden.«

Pech für mich. Aber diese billige Ausrede hätte eh nicht lange standhalten können.

Ich warf mich ganz gelassen und völlig unbeeindruckt in einen Sessel. Anita nahm auf dem Sofa Platz, Sonja setzte sich neben sie.

»Wie geht es Ihrem Vater?«, fragte ich Gerd Huber.

»Was für eine blöde Frage!«, fuhr er mich an. »Sie wissen doch ganz genau, dass mein Vater tot ist.«

»Ich meinte Ihren leiblichen Vater«, sagte ich.

Er schwieg.

»Sie wissen es also«, sagte Anita Huber mit leiser Stimme.

»Ich nehme an, seit Monaten weiß es das ganze Dorf«, sagte ich. »Die Ähnlichkeit ist unverkennbar. Und das hat auch Ihr Mann gesehen.«

Sie nickte.

»Was ist damals mit Norbert Czichon vorgefallen?«, fragte ich. Ich wollte ihre Version hören.

»Ich war von Norbert schwanger, und dann war Norbert plötzlich verschwunden«, sagte sie.

»Typisch Mann!«, sagte Sonja. »Macht einer Frau ein Kind und haut dann ab.«

»So war das nicht«, sagte Anita Huber. »Er hat das nicht gewusst. Ich habe es selber noch nicht gewusst, als er verschwand.«

»Und nun brauchten Sie ganz schnell einen Vater für Ihr ungeborenes Kind«, sagte ich.

Anita knetete ihr Taschentuch. Sonja legte beruhigend eine Hand auf Anitas Arm.

»Das muss eine schlimme Situation für Sie gewesen sein«, sagte sie mitfühlend. Sie machte das hervorragend. Ich wusste nie, ob sie nur spielte oder tatsächlich so empfand.

»Wir leben nicht mehr im neunzehnten Jahrhundert«, warf ich ein. »Ein lediges Kind ist doch keine Schande mehr.«

Anita seufzte.

»Für meine Eltern wäre es das schon gewesen. Und wer hätte mich noch genommen mit einem Kind?«

»Und dann haben Sie sich Fritz Huber geangelt«, sagte ich. Ich sagte es absichtlich rüde. Ich wollte sie provozieren.

An ihrer Stelle hätte ich mich jetzt hinausgeworfen. Doch aus irgendeinem Grund musste sie sich die Sache wohl von der Seele reden. Sie sah Sonja dabei an, nicht mich.

»Jeder wusste, dass Fritz eine Frau suchte. Er hatte sich auch schon um mich bemüht. Und dann ... Er war ja auch eine gute Partie.«

Und Fritz Huber war wahrscheinlich noch stolz auf seine Eroberungskünste gewesen.

»Warum haben Sie ihm später nichts gesagt, als Sie schon verheiratet waren?«, wollte Sonja wissen.

»Ich hatte Angst«, sagte sie. »Fritz war ...« Sie zögerte und suchte nach dem richtigen Wort. »Fritz war etwas altmodisch«, fuhr sie dann fort. »Er hätte mich wahrscheinlich hinausgeworfen. Und was hätte ich machen sollen, allein mit einem Kind?«

»Und deshalb haben Sie geschwiegen?«

Anita sah Sonja an und nickte.

»Das war deine größte Dummheit«, fuhr Gerd seine Mutter an. »Und ich musste es ausbaden.«

»Hat Fritz Huber etwas geahnt?«, fragte ich.

»Natürlich hat er es geahnt«, sagte Gerd. »Er war ja nicht blöd. Und mich hat er es spüren lassen.«

»Ihr Verhältnis war also nicht sonderlich gut?«

»Er war ein Arschloch«, schnaubte Gerd. »Er hat mich gepiesackt, wo er nur konnte. Und Mutter auch.«

Ich konnte mir das schon vorstellen. Fritz Huber war enttäuscht und wütend, er fühlte sich hintergangen. Aber keiner sagte etwas. Wie wäre das Leben dieser Familie verlaufen, wenn sie miteinander geredet hätten?

»Seit wann kennen Sie Renate Petzoldt?«, fragte ich Gerd.

»Seit ... Sie wissen von der?« Er war offenbar überrascht.

»Und Sie wussten es auch«, stellte ich fest.

»Ich bin ihm mal nachgefahren. Ich wollte wissen, was er jeden Dienstag so treibt.«

»Haben Sie mit ihm darüber geredet?«

»Natürlich. Der Alte war ja völlig verrückt!«

»Wie hat er reagiert?«

»Dass mich das nichts angeht, hat er gesagt.«

»Haben Sie auch mit Renate Petzoldt gesprochen?«

»Ja, ich habe sie zur Rede gestellt.«

»Und was hat sie gesagt?«

»Das Gleiche wie der Alte: dass mich das nichts angehe. Und dass ich das sowieso nicht verstehen würde.«

»Wann sind Sie ihm denn nachgefahren?«

»Muss so vor vier Wochen gewesen sein.«

»Und vorher haben Sie nichts bemerkt? Und es hat Sie nicht interessiert, wo er jeden Dienstag war?«

»Bei uns hat jeder sein eigenes Leben geführt.«

Mit anderen Worten: Was du machst, ist mir egal, und was ich mache, geht dich überhaupt nichts an. Diese Familie hatte sich wohl nur noch zum Essen getroffen. Wenn überhaupt.

»Wie sollte das weitergehen?«

Beide schwiegen.

»Was ist letzten Montagabend vorgefallen?«, fragte ich.

Beide schwiegen.

»Es hat einen ziemlichen Krach gegeben«, fuhr ich fort.

»Es hat immer Krach gegeben«, murmelte Gerd.

»Aber der muss wohl besonders heftig gewesen sein. Worum ging es am Montag?«

Beide schwiegen.

»Sie wussten, dass er am nächsten Morgen seine Lebensversicherung auf Renate Petzoldt umschreiben wollte?«

Beide schwiegen.

»Das war also die letzte Gelegenheit, die Sache ein für allemal aus der Welt zu schaffen.«

»Wollen Sie damit sagen …«, fuhr Gerd auf.

Ich lächelte ihn an. »Was will ich damit sagen?«

»Das müssen Sie erst einmal beweisen!«

Er hatte den Finger zielsicher auf den wunden Punkt gelegt.

»Was war am Montag Abend? Und was war am Dienstag Morgen?«, versuchte ich es noch einmal. Irgendwann musste sie doch mal das schlechte Gewissen packen.

Aber sie schwiegen hartnäckig.

»Wie geht es jetzt weiter mit dem Hof?«, fragte ich schließlich.

»Wird alles verkauft«, sagte Gerd Huber. »Ich wollte noch nie Bauer werden.«

»Warum sind Sie dann nicht längst auf und davon und haben sich Ihr eigenes Leben aufgebaut?«

»Ich konnte doch Mutter nicht alleinlassen.« Es klang etwas hilflos, wie er das sagte.

»Wird aber nicht einfach sein, einen Käufer für den Hof zu finden«, wandte ich ein.

»Ich habe schon zwei Interessenten«, sagte Gerd triumphierend. Der eine war natürlich Deyhle. Und der andere sicherlich Isabel.

Wir wandten uns zum Gehen.

An der Tür fragte ich Anita Huber: »Wissen Sie übrigens, wie Ihr Mann Renate Petzoldt kennengelernt hat?«

Es war Gerd, der antwortete.

»Bei der Agrorum. Sie hat dort gearbeitet.«

Sonja und ich wechselten einen langen Blick.

Renate Petzoldt würde uns einiges zu erklären haben.

Dann machten wir uns wirklich davon. Erstaunlicherweise zog Gerd Huber diesmal nicht die Nummer mit der Mistgabel ab. Irgendetwas hatte sich verändert. Vielleicht, weil er sich mit Deyhle einig geworden war?

Ich wollte zuerst alleine mit Renate Petzoldt reden. Sonja sollte sich im Hintergrund halten. Ich würde sie mit dem Handy herbeirufen, wenn es mir richtig erschien.

Renate Petzoldt war in ihrem Miedergeschäft. Ich hielt mich nicht lange mit einleitenden Freundlichkeiten auf.

»Wir müssen miteinander reden«, sagte ich.

»Ich wüsste nicht, worüber«, antwortete sie kühl.

»Über Fritz Huber und Gerd Huber. Über Renate Petzoldt und Fritz Huber. Und über einen Geschäftsmann namens Deyhle.«

»Ich muss nicht mit Ihnen reden.«

»Nein. Aber besser mit mir als mit der Polizei.«

Sie schwieg. Ich war erstaunt, dass dieser Bluff wirkte.

»Machen wir einen Spaziergang in den Ackeranlagen«, schlug ich vor.

Im Park war es nahezu menschenleer. Wer geht auch an einem nasskalten Herbstnachmittag freiwillig spazieren? Ich sah nur eine alte Frau, die ihren Dackel ausführte. Oder er sie, das war noch nicht ganz entschieden.

»Sie haben für Deyhle gearbeitet?«, fragte ich Renate Petzoldt.

»Ja.«

»Und dort haben Sie Fritz Huber kennengelernt?«

»Nein.«

»Herrgott, lassen Sie sich doch nicht jedes Wort aus der Nase ziehen!«, knurrte ich sie an.

»Ich war zunächst bei der Improvit und dann bei der Agrorum. Eines Tages kam Fritz, und wir haben uns verliebt. So einfach ist das.«

»Sie waren bei der Improvit Deyhles Assistentin?«

»Ja.«

»Und er hat Sie dann rübergeschoben zur Agrorum?«

»Ja.«

»Als seine Aufpasserin?«

Sie schwieg.

»Was wollte Huber?«

»Weshalb geht man schon zur Agrorum?«, konterte sie.

»Da kann ich mir Verschiedenes vorstellen«, antwortete ich. »Sich in eine Sekretärin verlieben. Ein Grundstück verkaufen. Sein Schmiergeld abholen.«

Sie zuckte leicht zusammen.

»Fritz wollte ein Grundstück verkaufen.«

»Warum?«

»Ich weiß es nicht.«

Unglaubhaft. Frischverliebte reden andauernd darüber, wie und warum sie sich zum ersten Mal getroffen haben: Und dann musste ich ein Grundstück verkaufen, weil ich mir unbedingt einen Jaguar zulegen wollte, aber dann bin ich stattdessen dir begegnet ...

»Bei dem einen Grundstück ist es ja dann nicht geblieben.«

»Davon weiß ich nichts.«

»Kindchen«, sagte ich gönnerhaft, »ich bin nicht so blöd, wie ich vielleicht wirke. Huber hat Ihnen das Miedergeschäft gekauft, er hat Ihnen wahrscheinlich auch sonst genügend Geld zugesteckt – woher sollte das kommen? Weil die Kühe mehr Milch gegeben haben?«

»Sie haben recht. Er hat noch mehr Grundstücke verkauft.«

»Tausche Grundstücke gegen Liebe. Auch eine Art von Prostitution.«

»Was erlauben Sie sich!«, fuhr sie auf.

»Haben Sie sich tatsächlich in Huber verliebt? Oder sollten Sie sich verlieben?«

»Was wollen Sie damit sagen?«

Sie war vorsichtig. Und sie war nicht ganz so empört,

wie sie es eigentlich als trauernde Geliebte hätte sein müssen. Sie hatte sich im Griff. Aber sie war keine gute Schauspielerin.

»War das eine Anordnung Ihres Chefs: Angel dir den dummen Bauern?«

Sie schaute mich mit großen Augen an.

Endlich war ich so weit. Der Panzer war geknackt.

Aber sie guckte nicht wegen mir so groß.

Auf meine Schultern legten sich zwei Hände, links eine, rechts eine, und drückten zu. Diesen Griff kannte ich.

Ich wand mich los und drehte mich um.

»Hallöchen aber auch!«, grinste ich Knollennase und Narbennase an. »Wie geht's denn eurem Auto?«

»Wenn du uns verscheißern willst, musst du früher aufstehen«, sagte Knollennase.

»Okay«, sagte ich, »wie wär's dann morgen früh um fünf? Oder ist euch das zu spät?«

»Dir werden deine dummen Sprüche noch vergehen.« Narbennase.

»Haben wir dir nicht eine ganz freundliche Empfehlung mit auf den Nachhauseweg gegeben?« Knollennase.

»Ich soll nichts von fremden Onkels nehmen, hat meine Mama gesagt.« Ich wollte auch mal zu Wort kommen.

»Wir haben dich gewarnt, und unsere Warnungen nimmt man ernst.«

»Hört mal, Jungs, ich versteh ja, dass ihr sauer seid, weil ihr euer Auto demoliert habt. Aber jetzt geht mal schön nach Hause und übt ein bisschen Autofahren. Sonst gibt's Ärger mit eurem Chef.«

»Du kriegst Ärger, Klugscheißer.«

Knollennase bestritt die Unterhaltung jetzt alleine. Narbennase hatte es wohl nicht so mit der Konversation. Oder er dachte ernsthaft darüber nach, was ich gesagt hatte.

»Zum letzten Mal: Halt dich da raus!«

Er packte mich am Kinn und drückte zu. Es tat weh. Ich

sah ihn nicht ausholen, aber eine Faust mit ziemlich viel Kraft dahinter rammte in meinen Magen. Es tat noch mehr weh.

Ich holte mit meiner Rechten aus und schlug zu. Er blockte ab. Dann eben mit der Linken. Er drehte den Kopf weg, und ich streifte ihn nur. Dafür drückte er an meinem Kinn noch etwas mehr zu.

Narbennase stand daneben und grinste. Er grinste auch noch, als eine Handkante hart in seinen Hals hieb und er zu Boden fiel.

Und dann ging alles ganz schnell. Sonja wirbelte, als hätte sie vier Beine und sechs Arme, täuschte, wich aus, schlug zu, und Knollennase krümmte sich im nassen Gras, stöhnte und hielt sich den Schritt.

Narbennase war eben dabei, sich wieder aufzurappeln. Was Sonja konnte, konnte ich auch. Ich trat ihm kräftig in die Eier.

Die alte Dame mit dem Dackel war nicht mehr zu sehen. Dafür würde wahrscheinlich bald die Polizei auf der Matte stehen.

Renate Petzoldt stand mit weit aufgerissenen Augen da.

Ich sagte: »Darf ich vorstellen? Meine Partnerin Sonja. Achter Dan.«

Sonja verbeugte sich rituell.

Dann nahm ich sie in die Arme.

»Meine Heldin!«, flüsterte ich ihr ins Ohr.

Ich packte Renate Petzoldt am Arm und zog sie mit mir.

»Gehen wir besser ins Büro. Wenn die beiden wieder zu sich kommen, könnten sie vielleicht etwas schlechter Stimmung sein.«

»Kein Problem«, lachte Sonja. »Ich bin gerade dabei, warm zu werden.«

Aber das wollte ich dann doch nicht riskieren.

Anfangs war Renate Petzoldt noch genauso kühl, abweisend und einsilbig wie immer. Auch der Tee, den Sonja servierte, konnte das Eis nicht brechen. Die beiden Frauen saßen auf dem Sofa nebeneinander, ich hatte die Beobachterposition im Sessel bezogen.

Es war Sonja zu danken, dass Renate Petzoldt schließlich etwas auftaute.

Sie legte Renate Petzoldt einen Arm um die Schulter und sagte:

»Renate, Sie müssen uns alles erzählen. Sie haben sich auf etwas eingelassen, was Sie nicht mehr unter Kontrolle haben. Ich möchte nicht, dass diese beiden Kerle auch noch auf Sie losgehen.«

Es war genau die richtige Mischung aus mitfühlender Wärme, Drohung und Trost.

Renate Petzoldt begann plötzlich zu schluchzen.

Jetzt war es an der Zeit, zu besseren Getränken zu wechseln. Ich öffnete einen Elsässer Riesling von Marc Kreydenweiss. Mir jedenfalls würde er guttun. Die Mädels konnten ja bei ihrem Tee bleiben.

Renate Petzoldt begann zu erzählen.

Deyhle hatte in Erfahrung gebracht, dass Huber in einer irgendwie gearteten Existenzkrise steckte und »verkaufswillig« war, und hatte ihm ein Angebot gemacht. Er sollte so viele Grundstücke aufkaufen, wie er konnte. Deyhle kaufte sie ihm über die Agrorum mit einem Aufschlag wieder ab. Alles natürlich völlig geheim. Huber ging kein Risiko ein. Mit seinem Gewinn konnte er die nächsten Aufkäufe finanzieren, und er konnte das Land selber nutzen, bis Deyhle eine andere Verwendung dafür hatte – doppelter Gewinn also für Fritz Huber.

»Wann war das?«, fragte ich.

Renate wusste es offenbar tatsächlich nicht mehr genau, aber es musste etwa zu der Zeit gewesen sein, als Huber die Ähnlichkeit zwischen seinem angeblichen Sohn und dem Viehhändler Norbert Czichon aufgefallen war. Kein Wunder, dass Huber eine Existenzkrise durchgemacht hatte.

Was er damals genau vorhatte, musste Spekulation bleiben. Vielleicht hatte er es selber nicht so recht gewusst. Aber das war auch gleichgültig, denn die Dinge hatten eine eigene Dynamik entwickelt.

Fritz Huber war bei der Agrorum Renate Petzoldt begegnet, sie hatten nett miteinander geplaudert, und er war angetan gewesen. Das konnte ich mir gut vorstellen. Renate war eine attraktive, gepflegte Frau und konnte auch so etwas wie Wärme ausstrahlen, wenn sie wollte. Und sie war noch jung genug, aber nicht zu jung. Und Fritz Huber befand sich in der besten Midlife-Crisis. Da konnte ein Mann schon ins Grübeln kommen, ob der Rest seines Lebens ihm nicht etwas Besseres zu bieten hatte als eine Frau, die ihn nur geheiratet hatte, weil sie von einem anderen schwanger war.

Deyhle war es nicht entgangen, dass sich Huber mit Renate gut verstand.

»Was war der Plan?«, fragte ich.

»Zunächst sollte ich Huber nur etwas aushorchen«, antwortete Renate Petzoldt. »Warum er überhaupt verkaufen wollte beispielsweise.«

Sie hatten sich zum Abendessen getroffen, und Huber hatte erzählt, was ihn umtrieb. Und dass er nicht wüsste, wie es weitergehen solle. Er schwankte zwischen Resignation und Aufbruch. Mal wollte er einfach alles nur hinschmeißen und abhauen wer weiß wohin, dann wieder schwor er Rache – seiner Frau, dem Schwängerer und seinem Sohn, obwohl der ja nun wirklich nichts dafür konnte.

Deyhle sah seine Chance. Renate sollte Huber schöntun, gewissermaßen als Verheißung einer besseren Zukunft. Einer gemeinsamen Zukunft. Umso lieber würde sich Huber von seinem Land trennen.

»Gehörte es zu Ihren üblichen Aufgaben, mit den Kunden ins Bett zu gehen?«, fragte ich.

»Sie sind unverschämt!« Renate war aufgebracht. Sonja sah mich strafend an.

War doch eine berechtigte Frage, oder? Aber ich sah ein, dass sie im Moment etwas unpassend war, jetzt, da sich gerade so etwas wie ein Vertrauensverhältnis zwischen Renate Petzoldt und uns zu entwickeln begann.

»Entschuldigung«, sagte ich, »war nicht so gemeint. Aber ich frage mich natürlich, was für Sie dabei heraussprang. Außer dem Wohlwollen Ihres Chefs.«

»Eine Gewinnbeteiligung«, sagte Renate Petzoldt. »Und außerdem musste es ja nicht unbedingt bis ins Bett gehen.«

War sie so naiv, oder tat sie nur so? Nur weil ihm eine Frau schöne Augen machte, hätte sich Huber nicht auf dieses Spiel mit ungewissem Ausgang eingelassen. Der wollte dafür auch noch andere schöne Dinge sehen und haben. Oder ging ich da zu sehr von mir aus? War Huber tatsächlich so? Oder war er blind vor Liebe gewesen? Blind aus Rache?

»Was hatte Huber vor?«, fragte ich.

»Fritz wollte heimlich alles verkaufen, was nur ging, und sich dann von seiner Frau trennen. Sie sollte möglichst nichts mehr haben.«

Doch blind aus Rache, entschied ich. So gut konnte er sein Geld gar nicht verstecken, dass es ein gewiefter Scheidungsanwalt nicht gefunden hätte. Es sei denn, es war gar kein Geld mehr vorhanden. Weil es nämlich mittlerweile Renate Petzoldt gehörte.

»Welche Rolle war Ihnen dabei zugedacht?«, fragte ich.

»Wir wollten zusammenleben«, erwiderte Renate Petzoldt. »Fritz wollte Kinder. Eigene Kinder.«

Armer Huber! Erst bringt seine Frau ein Kuckucksei mit in die Ehe, und dann verliebt er sich wirklich und merkt nicht, dass er nur ausgenommen werden soll.

Renate Petzoldt schlug die Augen nieder und sagte: »Ich hatte mich inzwischen wirklich verliebt in Fritz.«

Ich wurde nicht schlau aus dieser Frau. Schon wieder konnte man meinen, sie könne Gedanken lesen. Ich versuchte, ganz weit hinten in meinem Hirn zu denken, wo sie nicht hinkam. Ich wusste nämlich nicht, ob ich ihr die große Liebe abnehmen sollte.

»Huber hat Ihnen das Miedergeschäft gekauft, nicht wahr?«, meinte ich.

»Ja. Er hat mich dazu gedrängt, bei der Agrorum aufzuhören. Das Geschäft sollte unsere gemeinsame Zukunft sein.«

»Dann lief das Geschäft auf seinen Namen?«

Sie zögerte leicht. »Nein.«

»Huber muss ja sehr viel Vertrauen in Sie gehabt haben«, gab ich zu bedenken.

»Das war wegen seiner Familie«, sagte Renate. »Sie sollte keine Möglichkeit haben, an das Geld ranzukommen.«

Schlau eingefädelt. Und Huber war tatsächlich darauf hereingefallen? Und ihm war nicht in den Sinn gekommen, dass er völlig auf das Wohlwollen von Renate Petzoldt angewiesen war, wenn er selber an das Geld wollte?

»Und dann wollte er auch noch seine Lebensversicherung auf Sie umschreiben?«

»Er wollte seiner Familie nichts hinterlassen«, sagte Renate Petzoldt. »Er war so enttäuscht und verbittert.«

Und eine hübsche Frau nahm ihn tröstend in die Arme und versprach ihm eine schöne Zukunft, und jegliches Denken setzte aus.

Oder war ihm doch noch im letzten Moment ein Licht aufgegangen? Was war am Montag so Wichtiges gewesen, dass er seine Termine mit mir und mit Renate verschoben hatte?

»Hat Deyhle Sie denn so einfach gehen lassen?«, fragte ich. »Das muss ja wohl sehr plötzlich gekommen sein.«

»Warum sollte er nicht?«

»Sie waren immerhin mal seine Assistentin. Ich nehme an, dass Sie über einige Interna Bescheid wissen.«

»Warum sollte das ein Problem sein?«

Vielleicht umkreisten wir das Problem gerade. Sie zog sich wieder auf ihre bewährte Taktik zurück, jede Frage mit einer Gegenfrage zu beantworten.

»Haben Sie Huber erzählt, wie Deyhle seine Geschäfte macht? Und warum Sie zwei sich plötzlich so gut verstanden haben? Haben Sie ihm gesagt, dass Deyhle Sie auf ihn angesetzt hat?«

»Nein«, sagte sie. Etwas zu schnell für mein Gefühl.

»Wann haben Sie ihn zum letzten Mal gesehen?«

»Am Sonntag.«

»Am Sonntag? Ich dachte, Dienstag war Ihr Tag.«

»Den Dienstag hatten wir immer ganz für uns reserviert. Aber natürlich haben wir uns auch sonst getroffen.«

Aber natürlich.

»Was haben Sie gemacht?«

»Wir waren mittagessen im ›Sudhaus‹ und danach bei mir.«

»Kleines Schäferstündchen?«

Sie würdigte mich keiner Antwort. In früheren Zeiten wären die Frauen in einer solchen Situation wenigstens noch rot geworden. Glücklicherweise waren diese Zeiten vorbei. Und irgendwie dachte ich in diesem Moment daran, dass Helena auch schon lange nicht mehr bei mir gewesen war. Oder ich bei ihr. Und irgendwie beneidete ich plötzlich Fritz Huber um das letzte Liebesabenteuer seines Lebens. Und irgendwie war ich dabei, mit meinen Gedanken abzuschweifen. Ich musste schnell wieder ins richtige Fahrwasser kommen.

»Und dabei hat Ihnen Huber von dem Termin mit mir erzählt?«, fragte ich also.

Sie sah mich spöttisch an.

»Nicht dabei. Danach.«

»Hat er Ihnen auch gesagt, dass er sein Testament ändern wollte?«

»Darüber hatten wir früher schon gesprochen.«

»Aber am Sonntag hat er Ihnen gesagt, dass am Montag der Notar-Termin ist?«

»Ja.«

Und wer weiß, was Fritz Huber im postkoitalen Plauderstündchen noch so alles erzählt hatte. Und was Renate Petzoldt, dem großen Ziel so nahe, in einem Moment der Unachtsamkeit ausgeplaudert hatte. Danach. Nicht dabei.

»Wie sollte denn das Testament geändert werden?«

Sie zuckte mit den Schultern.

»Details weiß ich nicht. Ich sollte wohl irgendwie bedacht werden.«

»Und das fanden Sie in Ordnung?«

Abermals zuckte sie mit den Schultern.

»Fritz wollte das so.«

»Dann werden Sie ja jetzt wohl erben«, sagte ich.

»Wird wohl so sein«, erwiderte sie.

Sehr verdächtig, gnädige Frau! Es gab zwei Möglichkeiten. Entweder wusste sie tatsächlich nicht, dass Huber den Termin beim Notar genauso hatte platzen lassen wie den Termin mit mir. Oder sie spielte nur die Ahnungslose.

»Wie viel werden Sie denn kriegen?«

»Ich sagte doch schon, ich habe keine Ahnung.«

Wer's glaubt! Huber bespricht mit ihr all seine Pläne, wie er seine Familie ausbooten will zugunsten seiner Geliebten, aber die Details hält er zurück?

»Warum waren Sie am Dienstag in Hohenberg?«

Sie fuhr mich an: »Ich war nicht dort, verdammt, das habe ich Ihnen doch schon mal gesagt.«

Das war bemerkenswert. Renate Petzoldt war immer und in jeder Situation über die Maßen beherrscht. Selbst wenn sie weinte. Und jetzt dieser Ausbruch. Hatte das was zu bedeuten?

»Man hat Ihr Auto gesehen. Ihren roten Corsa.«

»Vielleicht hat man irgendeinen roten Corsa gesehen. Davon wird es ja einige geben. Meiner war es jedenfalls nicht. Beweisen Sie mal was anderes!«

Sie hatte recht. Das konnte ich nicht. Deshalb ritt ich lieber nicht weiter auf diesem Thema herum.

»Warum hetzt Deyhle mir seine Gorillas auf den Hals?«

»Sind Sie sicher, dass Deyhle die geschickt hat?«

»Ja, das bin ich.«

Sie zuckte wieder mal mit den Schultern.

»Was gibt es so Wichtiges zwischen Ihnen, Huber und Deyhle, was ich nicht erfahren darf?«

Renate Petzoldt stand auf.

»Ich glaube, ich sollte jetzt gehen«, sagte sie.

»Seien Sie vorsichtig«, sagte ich. »Die bösen Jungs warten irgendwo. Die wollten mich am Fragen hindern. Vielleicht wollen sie Sie auch am Antworten hindern.«

Sie bedachte mich mit einem Blick, den ich nicht deuten konnte. Furcht? Überlegenheit?

Dann ging sie.

Zeit zum Abendessen, Zeit zum Nachdenken. Aber zuvor rief ich Rolf an. Ich instruierte ihn über Deyhle und seine Improvit.

»Such mir alles raus, was du kriegen kannst. Ich will das ganze Firmengeflecht.«

»Oh-oh«, machte Rolf. »Kein Problem.«

»Kümmere dich auch mal um die Securitas«, sagte ich.

»Kein Problem.«

Rolf war für die Nacht beschäftigt, Sonja und ich machten Abendessen. Ich zollte ihrer derzeitigen Schwärmerei Tribut und kochte ein indisches Lammcurry, die schnelle Version. Sie durfte Zwiebel, Knoblauch und Chilis schneiden, ich würfelte derweil ein paar Lammlachse und briet sie an, gab Sonjas Werk hinzu, würzte mit Kurkuma, Koriander und Kreuzkümmel, füllte mit einer Büchse Tomaten auf und ließ unser Curry fünfzehn Minuten köcheln.

»Joghurt oder Kokosmilch?«, fragte ich.

»Kokosmilch«, schlug Sonja vor.

»Joghurt«, entschied ich. »Passt besser zum Wein.«

Ich gab also noch ein paar Löffel Joghurt dazu, schmeckte ab, und der Reis war mittlerweile ebenfalls fertig.

Wir blieben beim Elsässer Riesling, nahmen aber jetzt den Lydia Jacob von Jean-Claude Beck in der blauen Flasche. Er passte eigentlich nicht so recht zu einem scharfen Essen, wenn ich auch mit Chili gespart hatte, aber ich hatte einfach Lust auf diesen Wein.

»Da hat sich der Huber ja in was Schönes reingeritten«, sagte ich.

»Denkt ihr Männer eigentlich immer mit dem Schwanz?«

»Denkt ihr Frauen anders?«, konterte ich.

»Ja. Notgedrungen.«

»Ich meinte es im übertragenen Sinne.«

»Nein.«

»Was nein?«

»Du hast recht«, seufzte Sonja. »Wenn die Hormone verrückt spielen oder die Gefühle, lege ich für niemanden die Hand ins Feuer. Für die Frauen erst recht nicht.«

»Bei Huber waren es wahrscheinlich eher die Gefühle«, räsonierte ich. »Die Hormone kamen dann gewissermaßen als erfreulicher Nebenaspekt hinzu.«

»Huber muss tief verletzt gewesen sein, als er die Gewissheit hatte, dass sein Sohn nicht sein Sohn war. Geahnt hat er es ja wohl schon länger«, sagte Sonja.

»Das ist das eine«, sagte ich. »Hinzu kommt die Schande. Das war ja nun für jeden im Dorf offensichtlich, wer der Vater von Gerd Huber war. Was glaubst du, was da getuschelt wird.«

»Und dann fasst er den Plan, sich an seiner Familie zu rächen und sich abzusetzen.«

»Dabei läuft ihm, wie es der Zufall so will, eine attraktive junge Frau über den Weg, mit der das Absetzen auch noch Spaß machen kann.«

»Nur dass der Zufall gesteuert war«, sagte Sonja.

»Die erste Begegnung nicht«, erwiderte ich. »Aber alles Weitere.«

»Deyhle hat Hubers seelische Notlage kaltschnäuzig ausgenutzt.«

»Er ist Geschäftsmann. Er sieht die Chance, auf einen Schlag an viel Land zu kommen, und zwar möglicherweise billiger als sonst, weil Huber schnell verkaufen will, und er greift zu.«

»Allerdings hat er doch nicht bekommen, was er wollte«, sagte Sonja. »Denk daran, dass Huber ihm nur Bruchstücke verkauft hat, kein zusammenhängendes Land.«

»Vielleicht unterschätzen wir Huber«, sagte ich nachdenklich. »Vielleicht war er doch nicht völlig geblendet von der Liebe und wollte noch ein paar Trümpfe in der Hinterhand behalten.«

»Zu welchem Zweck?«

»Um bei Deyhle mehr Geld herauszuschlagen? Deyhle braucht die restlichen Grundstücke, wenn er mit dem Land etwas anfangen will.«

»Dann scheidet aber Deyhle als möglicher Täter aus«, sagte Sonja. »Warum sollte er ihn umbringen, bevor er alle Grundstücke hat?«

»Und was ist mit Renate Petzoldt?«

»Das klingt schon logischer«, meinte Sonja. »Sie weiß, dass das Testament zu ihren Gunsten geändert werden soll, sie weiß, dass die Lebensversicherung auf sie umgeschrieben werden soll, und sie geht davon aus, dass beides am Montag geschieht. Sie weiß aber nicht, dass dies in Wahrheit gar nicht geschehen ist.«

»Irgendetwas hat Huber zu denken gegeben. Sonst hätte er die Termine nicht verschoben.«

»Er ist aufgewacht. Er hat gemerkt, was da gespielt wird, und hat noch einmal nachgedacht.«

»Wenn wir nur wüssten, was Huber am Montag vorhatte. Mit wem er sich vielleicht getroffen hat.«

»Mit gar niemandem«, sagte Sonja. »Ich glaube, er hat einfach gegrübelt. Schau mal, den Notar-Termin hat er nicht verschoben, sondern abgesagt.«

»Aber bei meinem Termin war's andersrum: nur verschoben, nicht abgesagt. Weshalb das?«

»Beichtvater Dillinger.«

»Du meinst, er wollte mit mir über die Sache reden? Quatsch!«

»Du bist ein guter Zuhörer. Die Bauern reden doch mit dir über ihre Sorgen.«

»Aber nicht Huber. Der hat überhaupt nicht viel geredet. Und so eng waren wir auch nicht miteinander. Und noch mal: Warum hat er den Notar-Termin storniert?«

»Weil er das Testament nicht mehr ändern wollte.«

»Schon klar. Aber warum?«

»Vielleicht hat ihn trotz aller Wut und Rache doch das Gewissen geplagt, und er wollte seine Familie nicht gänzlich im Regen stehen lassen. Oder er hat sich das als Trumpf aufbewahrt. Keine Testamentsänderung bei einvernehmlicher Scheidung oder so.«

Wir schwiegen beide eine Weile und dachten nach.

»Was hältst du von Renate Petzoldt?«, fragte ich schließlich.

»Kalt. Eiskalt. Berechnend.«

»Hat sie sich in Huber verliebt?«

»Nie im Leben. Die hat den Hahn erkannt und gerupft.«

»Du bist anderen Frauen gegenüber vielleicht nicht ganz objektiv.«

»Gerade ich«, sagte Sonja. »Apropos Frauen: Meine Herzallerliebste hat bestimmt schon Sehnsucht nach mir.«

Meine wahrscheinlich nicht.

Diesmal traf ich Keller in der »Pulse Bar«.

»Hast du nicht mal was von blöden Weibern gesagt?«, meinte ich.

»Kann ich mir durchaus vorstellen«, brummte Keller.

»Was hältst du von dieser Geschichte: Älterer Mann verknallt sich in junge Frau und gibt ihretwegen alles auf.«

»Soll's geben«, sagte Keller. »Davon leben die Scheidungsanwälte.«

»Der Mann überschreibt mehr oder weniger sein ganzes Vermögen auf die junge Frau.«

»Pech für die bisherige Ehefrau«, kommentierte Keller.

»Am Tag nachdem das eigentlich hätte stattfinden sollen, aber in Wahrheit nicht stattgefunden hat, wovon die junge Frau nichts wusste, ist der Mann tot.«

»Du redest von Huber?«

»Wie kommst du nur so schnell darauf?«, spöttelte ich.

Ich berichtete ihm von Renate Petzoldt, ihren Verbindungen zu Deyhle und den Grundstücksverkäufen. Über meine Rangeleien mit den bösen Jungs sagte ich nichts.

Keller hörte sich das an, ohne eine Miene zu verziehen.

»Und?«, fragte er nur, als ich geendet hatte.

»Hier hast du Motive haufenweise! Und einen Stall von Verdächtigen!«

Keller schüttelte den Kopf.

»Du kannst dir so viele Motive und Verdächtige herbeireden, wie du willst – solange du nicht irgendeinen Beweis hast oder ein Geständnis, wird nichts daraus. Und du hast keinen Beweis. Und ich übrigens auch nicht. Finde dich damit ab, dass es ein Unfall war. Ein ganz gewöhnlicher

Unfall. Am Montag wird die Akte geschlossen. Dann ist der Fall für mich erledigt.«

Am Montag. Dann hatte ich noch ein paar Tage Zeit.

Ich hielt mich nicht lange in der Kneipe auf. Zu Hause fand ich auf meinem Anrufbeantworter eine Nachricht von Helena. Sie finde es besser, wenn wir uns nicht mehr treffen würden, sagte sie. Warum bloß überraschte mich das nicht?

Ich öffnete noch eine Flasche Riesling und schaute mir »Casablanca« an. Heute war so viel von Liebe die Rede gewesen, der echten und der falschen und der nur geglaubten. Ich brauchte was fürs Gemüt.

Donnerstag

Ich saß etwas zerknautscht beim Frühstück, als das Telefon klingelte. Es war Rolf. Er hatte seine Recherchen per E-Mail an mich geschickt.

»Ich garantiere aber nicht für Vollständigkeit«, sagte er. »Das Deyhle-Imperium ist schwer zu durchschauen.«

Was Rolf herausgefunden hatte, war ziemlich umfangreich. Deyhles Firmengeflecht war in der Tat komplex.

Ich wusste nun, dass Deyhle unter anderem eine Facility-Management-Firma, diverse Immobilienfonds und einige nicht eindeutig einzuordnende Entwicklungsgesellschaften gehörten, dass er an mehreren Baufirmen, einem Malergeschäft sowie einem Autozulieferer beteiligt war und über fünf Ecken auch mit der Securitas verbandelt war.

Nur: Was nützte mir das? Und was nützte es ihm?

Ich ging hinüber zum Spitalbach, wo Isabel ihr Büro hatte. Ich sollte das jeden Morgen tun. Ihr Anblick macht müde Männer munter. Sie trug eine Kombination, die man normalerweise als Business-Kostüm bezeichnet hätte und die bestimmt nicht von H&M stammte. Bei ihr wirkte das nicht wie Business, sondern wie eine Einladung. Ihre Mähne war sorgfältig verwildert, das Make-up dezent und ihre Energie geradezu enervierend.

»Wirfst du eigentlich was ein, damit du am frühen Morgen so widerlich munter bist?«

Sie lachte, schüttelte ihre Mähne und stellte sich in eine Positur, die in Männermagazinen als aufreizend galt.

»Willst du was, Süßer?«, gurrte sie.

»Ich interessiere mich für einen Bauernhof in Hohenberg. Wie ich höre, hast du einen im Angebot«, sagte ich. Ich hatte im Moment keine Lust auf Spielchen.

Isabel schaltete ansatzlos um auf Geschäftsfrau.

»Auch bei den Hubers gewesen?«, fragte sie.

»Natürlich. Sie wollen also verkaufen.«

Sie nickte. »Je eher, desto besser. Und wenn noch eher, dann kann man auch über den Preis reden. Die wollen das wirklich alles los haben und schnellstens weg von dort. Schlechte Verhandlungsposition für sie.«

»Haus und Hof?«

»Mit Hof meinst du den Grundbesitz? Das ist etwas eigenartig. Das Haus hätte ich sofort haben können, beim Land haben sie herumgedruckst.«

»Also hat Deyhle vor dir schon Kontakt aufgenommen.«

»Scheint so.«

»Er war aber nach dir noch mal bei den Hubers. Wahrscheinlich ist der Deal schon perfekt.«

»Er wäre ein schlechter Geschäftsmann, wenn er diese Chance nicht sofort ergreifen würde. Jetzt kann er haben, was er schon immer wollte«, meinte Isabel.

»Warst du mit Deyhle im Bett?«

Sie schnaubte entrüstet.

»Du solltest mich besser kennen. Ich habe Geschmack.«

»Ich meinte das geschäftlich.«

»Ich auch.«

»Warst du nun bei ihm oder nicht?«

»Ich habe ihn ein bisschen gekitzelt.«

»Hat er wenigstens gelacht?«

»Hat er. Und zwar ganz wörtlich.«

»Und das heißt?«, fragte ich.

»Ich habe ihm angeboten, beim Neubauprojekt in Hohenberg mit ihm zusammenzuarbeiten. Und er hat mich schlichtweg ausgelacht.«

Isabel wirkte ganz und gar nicht so, als würde ihr das

was ausmachen. Im Gegenteil, sie grinste vergnügt vor sich hin.

»Ich habe ihm klargemacht, dass ich das Land der Hubers so gut wie in der Tasche hätte. Er hat mir klargemacht, dass ich mich da in einem Irrtum befände. Die Hubers seien sein Gebiet. Ich hätte da keine Chance.«

»Was schließt du daraus?«

»Dasselbe wie du: Er hat ihnen bereits ein Angebot gemacht.«

»Vielleicht sogar schon einen Vertrag?«

»Zu diesem Zeitpunkt ganz sicher noch nicht«, sagte Isabel. »Sonst hätten die Hubers nicht herumgedruckst, sondern mich gleich abblitzen lassen.«

»Gut«, warf ich ein. »Jetzt wissen wir etwas, was wir sowieso schon geahnt haben. Wir sind keinen Schritt weiter.«

»Irrtum, mein Lieber.« Isabel grinste weiter. »Ich habe angedeutet, dass es gar nicht so sicher sei, ob die Hubers überhaupt allein über das Land verfügen könnten. Es sei da die Rede von einem geänderten Testament.«

»Was Deyhle nicht beeindruckt hat, nehme ich an.«

»Es hat ihn nicht im Mindesten beeindruckt. Er sagte nämlich, dass nach seinen Informationen die Testamentsänderung gar nicht zustande gekommen sei.«

»Das kann er nur von Renate Petzoldt wissen.«

»Richtig, Superdetektiv. Woraus wir schließen können, dass die zwei immer noch unter einer Decke stecken.«

»Die plötzlich entflammte Liebe der schönen Renate hat also doch einen sehr monetären Hintergrund«, sinnierte ich.

»Allerdings«, sagte Isabel. »Das mit der großen Liebe ist doch ein Schmarrn. Huber war weiß Gott keine attraktive Partie für eine Frau wie Renate Petzoldt.«

»Manche Frauen sind vielleicht nicht so anspruchsvoll wie du«, stichelte ich.

»Frauen sind immer anspruchsvoll«, konterte Isabel.

Da hatte sie allerdings recht. Ich dachte an Helena.

»Wie auch immer«, sagte ich und stand auf. »Deine Bemühungen in allen Ehren, viel weiter gebracht haben sie uns nicht. Das ist kein Abendessen wert.«

»Abwarten, Dillinger, abwarten!« Isabel kicherte. »Ich habe Deyhle noch eine kleine Zeitbombe gelegt. Ich habe ihm nämlich gesagt, dass seine Informationen über das Testament nicht dem neuesten Stand entsprächen. Und dass ich deshalb so sicher sei, das Land in der Tasche zu haben.«

»Worauf er dich wieder ausgelacht hat?«

»Ganz und gar nicht. Er ist plötzlich sehr nachdenklich geworden und hat mich schnell verabschiedet.«

Das war in der Tat etwas, woran Deyhle zu knabbern hatte. Sollte es möglich sein, dass seine Partnerin Renate Petzoldt ihn übers Ohr gehauen und mit der Konkurrenz Geschäfte gemacht hatte?

Haag saß wie gewöhnlich vor seinem Cappuccino und war sichtlich aufgeräumt. Außer mir hatten an diesem Morgen anscheinend alle gute Laune.

»Nun?«, fragte ich.

Ich musste mich in Geduld fassen. Es gab offenbar irgendein Problem mit seiner Pfeife.

»Deyhle wackelt«, hörte ich schließlich aus einer dichten Rauchwolke. »Er tanzt auf zu vielen Hochzeiten. Und nun ist er wohl etwas knapp bei Kasse.«

»Sagt wer?«

»Sagen meine Informanten. Und wer meine Informanten sind, geht dich nichts an.«

»Zuverlässig?«

Haag wiegte bedächtig den Kopf hin und her.

»Ich würde mich im Moment noch nicht trauen, darüber zu schreiben. Ich habe keine wirklichen Beweise. Ich höre nur dies und jenes. Und zwar aus verschiedenen Ecken. Und aus diesem und jenem kann leicht ein Gerücht werden.«

»Gerüchte sind gut«, warf ich ein.

»Nicht für einen Geschäftsmann wie Deyhle.«

»Wenn Deyhle tatsächlich in Schwierigkeiten steckt, weshalb ist er dann so hinter Hubers Grundstücken her?«

»Gerade deswegen. Er muss Tatsachen schaffen. Er muss den Druck erhöhen. Sonst kann er seine Investitionen in den Wind schreiben.«

»Du meinst, er marschiert einfach zur Gemeinde und sagt: Ich habe hier einen Haufen Land, nun lasst uns mal schön bauen?«

»In der etwas raffinierteren Variante schon.«

»Grund genug für ihn, Huber umzubringen?«

Haag schüttelte zweifelnd den Kopf.

»Hubers Tod kommt ihm sicherlich nicht ungelegen. Aber ich halte ihn nicht für so kaltblütig, dass er ihn deswegen gleich umbringt.«

»Aber mich lässt er von seinen Jungs verprügeln.«

Haag horchte auf. »Erzähl!«

Ich erzählte ihm von den jüngsten Ereignissen und von unseren Überlegungen.

»Offensichtlich hast du Deyhle nervös gemacht«, stellte Haag fest. »Dass du etwas über seinen Deal mit dieser Petzoldt herausgefunden hast, passt ihm nicht.«

»Du wirst es nicht glauben, aber darauf sind wir selbst auch schon gekommen«, entgegnete ich. »Aber warum macht ihn das nervös, wenn ich weiß, dass er Renate auf Huber angesetzt hat?«

Haag paffte mir eine dicke Rauchwolke ins Gesicht. »Der Ruf, Dillinger, der gute Ruf!«

»Deyhle hat keinen Ruf zu verlieren. Dem traut doch jeder alles zu.«

»Wenn es um Geschäfte geht, ja. Und das ist auch in

Ordnung so. Aber hier kommt ein persönlicher Aspekt ins Spiel, und der könnte ihm gefährlich werden. Du kennst unsere Hohenloher Bauern. Sie sind umgänglich, aber sie sind auch schlau. Und hartnäckig. Und gnadenlos realistisch, wenn es sein muss. Geschäft ist Geschäft, mal für den einen zum Vorteil, mal für den anderen. Wenn einer den anderen nicht ganz offensichtlich über den Tisch zieht, wird das akzeptiert.«

Haag winkte die Bedienung herbei und bestellte uns noch zwei Cappuccino.

»Aber hier sieht es so aus, als hätte Deyhle eine Familie zerstört – nur seiner Geschäfte wegen«, fuhr Haag fort.

»Was so nicht ganz stimmt«, warf ich ein. »Er hat allenfalls die Situation einer kaputten Familie ausgenutzt.«

»Egal«, wischte Haag den Einwand beiseite. »Oder sogar noch schlimmer. Weißt du, in unseren Hohenloher Dörfern mögen sie sich hassen bis aufs Blut, aber wenn es ans Eingemachte geht, stehen sie zusammen wie ein Mann. Und wenn Deyhles krumme Touren herauskommen, kriegt er keinen Fuß mehr auf den Boden. Ganz wörtlich gemeint. Das verzeiht ihm so schnell keiner.«

»Das mag schon sein«, entgegnete ich. »Aber die Situation wäre nicht anders gewesen, wenn Deyhles Plan geklappt hätte.«

»Sie wäre völlig anders gewesen. Was wäre denn passiert? Eine Familie bricht auseinander, die Gründe dafür kennt und sieht jeder. Der Mann nimmt sich eine junge Frau, natürlich zerreißt man sich das Maul darüber, man schüttelt den Kopf, mancher ist vielleicht sogar neidisch, aber man kann ihn verstehen, man bedauert die Ehefrau ein bisschen, und ganz schnell ist Gras über die Sache gewachsen. So was passiert, so ist halt das Leben. Und niemand hätte etwas davon mitbekommen, dass der Huber nicht ganz zufällig über seine neue Frau gestolpert ist und die junge Liebe geschickt eingefädelt war.«

»Damit scheidet Deyhle als möglicher Täter wohl endgültig aus«, sinnierte ich.

»Nicht unbedingt«, sagte Haag. »Ein toter Huber ist durchaus vorteilhaft für ihn. Er kriegt das Land schnell und billig, das war ja wohl der Deal mit Renate. Aber genau dieser Deal darf nicht herauskommen, und du ahnst oder weißt mittlerweile zu viel darüber.«

»Das klingt nicht logisch«, warf ich ein. »Angenommen, er hat Huber tatsächlich vom Heuboden gestoßen, und es ist ihm nicht nachzuweisen – wenn Hubers Geliebte die Hälfte erbt und das Land an ihn verkauft, ist er wieder in der gleichen Zwickmühle.«

»Ist er nur, wenn diese eingefädelte Geschichte herauskommt«, entgegnete Haag. »Ansonsten hat halt ein verliebter Gockel sein neues Glück nicht mehr genießen können. Dumm gelaufen.«

»Wie können wir Deyhle packen?«

»Nachweisen kann man ihm wohl nichts, sonst stünde Keller längst auf der Matte«, sagte Haag. »Wir können ihm höchstens auf die Füße treten und darauf hoffen, dass er einen Fehler macht.«

»Vielleicht damit«, sagte ich und warf Rolfs gesammelte Werke auf den Tisch.

»Was ist das?«

»Ein kleiner Einblick in Deyhles Imperium.«

Der Journalist stürzte sich auf die Ausdrucke. Eine Zeit lang war nur das Rascheln von Papier und hin und wieder ein Grunzen zu hören. Haags Pfeife produzierte Wolken wie eine Dampflok im Anstieg auf die Alpen.

»Legal?«, fragte er schließlich.

»Du kannst jeden Handelsregisterauszug haben, das weißt du. Wenn du weißt, welchen du willst, und wenn du dafür bezahlst.«

»Hast du bezahlt?«

»Nicht ans Registergericht«, grinste ich.

»Das Internet ist schon eine feine Sache«, seufzte Haag, »wenn man damit umgehen kann.«

»Sagen dir diese Unterlagen etwas?«, fragte ich.

»Sie bestätigen mir einiges, was ich vermutet habe, etliches ist neu und höchst interessant, zum Beispiel, dass Deyhle in der Gresser GmbH mit drinhängt.«

»Was ist daran Besonderes?«

»Ein Gemeinderat in Wolpertshausen hat jüngst sein Haus von ebendieser Firma renovieren lassen.«

»Was du nicht alles weißt!«, staunte ich.

»Im Ort hat man darüber geredet und sich aufgeregt, dass er keine örtliche Firma genommen hat. Daher weiß ich es. Und ich habe nun eine Vermutung, warum es so war.«

»Der Gemeinderat ist nicht zufällig Befürworter eines Neubaugebietes in Hohenberg?«

»Seit Neuestem sogar ein entschiedener. Nur: was soll's? Das und dieser ganze Kram hier ist zwar interessant, hilft mir und uns aber nicht wirklich weiter, solange wir keine Beweise haben.«

»Wollten wir nicht Deyhle auf die Füße treten?«

»Ob das klug ist, wenn wir zusammen aufkreuzen?«, gab Haag zu bedenken. »Ich würde sowieso lieber noch warten, bis ich was Konkretes gegen ihn in der Hand habe.«

»Einen Versuch ist es wert. Und deine Lokalpolitik kann warten, jetzt geht es zunächst mal um Huber und die Petzoldt. Bleib sitzen, ich hole meinen Wagen.«

»O Gott«, stöhnte Haag, »muss es unbedingt deine Potenzschleuder sein?«

»Was hast du gegen meinen Porsche?«, fragte ich unschuldig.

»So was fahren doch nur alte Männer, denen sonst keiner mehr abgeht.«

Oder junge mangels Gelegenheit, dachte ich. Aber ich sagte es nicht. So intim war ich mit Haag nicht.

»Und außerdem fährst du wie eine gesengte Sau!«

Ich lachte und versprach Zurückhaltung. Aber über die Zurückhaltung waren wir offensichtlich unterschiedlicher Meinung. Jedenfalls war Haag auf der ganzen Fahrt ziemlich schweigsam und hielt sich krampfhaft fest. Er wird nachdenken, beruhigte ich mich.

Deyhles Vorzimmerdame erkannte mich offensichtlich sofort.

»Herr Deyhle ist in einer Besprechung«, verkündete sie, noch ehe einer von uns etwas gesagt hatte. Bei uns auf dem Land hieß das offenbar noch »Besprechung«, nicht »Meeting«.

»Macht nichts, wir warten«, lächelte ich sie an.

»Die Besprechung kann aber lange dauern.«

»Wir haben Zeit«, sagte ich und lümmelte mich in einen der Besuchersessel.

Haag begann, seine Pfeife zu stopfen.

»Hier darf nicht geraucht werden!«, fuhr sie ihn an.

Ungerührt zündete Haag seine Pfeife an und paffte heftig. Die Dame hustete demonstrativ.

»Haben Sie nicht gehört? Hier herrscht Rauchverbot!«

»Doch, habe ich gehört«, gab Haag gemütlich zurück.

Die Dame rang nach Fassung und nach Worten.

»Beschweren Sie sich doch bei Ihrem Chef«, schlug ich vor.

Und tatsächlich rauschte sie ab in Deyhles Zimmer. Der Einfachheit halber gingen wir gleich mit.

Wenn Deyhle überrascht war, uns zu sehen, dann ließ er sich nichts anmerken. Mit einer Handbewegung scheuchte er seinen Drachen hinaus und bedeutete uns gleichzeitig, Platz zu nehmen. Über Haags Pfeife verlor er kein Wort.

»Haag, ›Haller Kurier‹«, stellte der sich vor.

»Wir kennen uns«, nickte Deyhle.

»Wir uns auch!«, sagte ich fröhlich.

Er lächelte mich süffisant an: »Wie war doch gleich der Name?«

»Lassen wir das Geplänkel«, sagte ich. »Sie wissen, wer ich bin, und Sie wissen, warum ich hier bin.«

»Wenn es immer noch um die Versicherungen des Fritz Huber gehen sollte, weiß ich nicht, was Sie von mir wollen.«

»Es geht nicht so sehr um die Versicherung als solche«, erwiderte ich, »sondern darum, wer sie erhalten sollte. Und es geht um den Tod von Fritz Huber.«

»Und auch um ein Neubaugebiet in Hohenberg«, ergänzte Haag. »Wie sieht's denn damit aus? Können Sie bald loslegen?«

Deyhle trug heute einen dunkelblauen Zweireiher mit hellblauem Hemd und rosa Krawatte. Ganz entspannt saß er uns gegenüber und lächelte.

»Herr Haag, Sie wissen genauso gut wie ich, dass die Lokalpolitik ...«

Haag unterbrach ihn: »Den Gemeinderat Idler haben Sie ja schon in der Tasche, nachdem Sie sein Häuschen so hübsch renoviert haben.«

Er lachte. »Wie kommen Sie denn auf die Idee?«

»Die Firma Gresser gehört doch Ihnen, nicht wahr?«, sagte Haag.

Deyhle wusste, wann er klein beigeben musste. Er zuckte mit den Schultern. »Ich bin daran beteiligt, richtig. Na und? Eine Firma wie jede andere, die sich im Wettbewerb behaupten muss.«

»Nur dass ausgerechnet diese Firma hier tätig war, und zwar zu einem außerordentlich günstigen Preis. Komisch, nicht? Das riecht. Ich fürchte, diesen Gemeinderat müssen Sie von Ihrer Liste streichen, wenn die Querverbindungen an die Öffentlichkeit kommen.«

Deyhle war ein ausgekochter Profi. Er beschwerte sich nicht über die Unterstellungen, er schrie nicht nach Beweisen, er drohte nicht mit dem Anwalt. Er wusste nicht, was Haag tatsächlich wusste. Er tat das Beste, was er tun konnte. Er sagte nichts und lächelte maliziös.

»Um noch mal auf das Neubaugebiet zurückzukommen«, fuhr Haag fort. »Sie haben da ja schon einiges Land in Ihren Besitz gebracht und noch mehr in Aussicht, wie man hört.«

Deyhle machte eine unbestimmte Handbewegung.

»Warum sind Sie eigentlich so sicher, dass Renate Petzoldt das Land an Sie verkauft?«, fragte ich. »Sie wird doch erben, nicht wahr? Oder doch nicht?«

Seine Augen verengten sich wie bei einer Katze, die zum Sprung ansetzt.

»Verzeihung, ich kann Ihnen nicht ganz folgen, Herr Dillinger«, sagte er. Er wusste meinen Namen also doch noch.

»Der Plan war ja raffiniert«, sagte ich. »Ihr Mädchen krallt sich den Huber, und um sein neues Glück zu finanzieren, verscherbelt er sein Land an Sie.«

Deyhle gab sich unbeeindruckt. »Huber hat verkauft, richtig. Aus welchen Beweggründen, interessiert mich nicht.«

»Aber Huber war nicht ganz so pflegeleicht, wie Sie sich das gedacht haben«, fuhr ich fort. »Mit dem Land, das Sie bisher haben, fangen Sie nicht viel an. Das ergibt kein zusammenhängendes Stück.«

Deyhle machte das gut. Er reagierte mit keiner Miene und zwang mich dadurch, weiterzureden.

»Ist da die Vermutung so abwegig, dass Sie ein bisschen Druck ausgeübt haben? Und dass der Druck vielleicht so stark war, dass Huber den Heuboden hinuntergestürzt ist?«

»Was wollen Sie damit andeuten?«

»Wo waren Sie vergangenen Dienstag zwischen acht und zehn Uhr?«

Deyhle hatte eine einfache Art, mich matt zu setzen: Er tat nicht etwa entrüstet, sondern lachte schallend.

»Was wollen Sie denn damit sagen, Herr – Kommissar? Ich habe mit Hubers Tod nichts zu tun.«

»Aber vielleicht Frau Petzoldt?«

»Dann fragen Sie doch Frau Petzoldt«, schlug Deyhle vor.

»Das haben wir bereits getan«, erwiderte ich. »Und sie konnte uns interessante Sachen erzählen. Schließlich war sie ja mal Ihre Assistentin.«

Der Bluff hätte doch eigentlich wirken müssen. Im Idealfall wäre Deyhle jetzt weinend zusammengebrochen und hätte alles gestanden, was wir nur wissen wollten.

Stattdessen stand er einfach auf. Sein Ton war etwas schärfer als sonst.

»Ich weiß nicht, was das alles soll. Jedenfalls haben Sie eine blühende Phantasie, Herr Dillinger. Und keinerlei Beweise. Für nichts. Ich rate Ihnen dringend, solche absurden Behauptungen nicht weiterzuverbreiten. Sonst werden Sie von meinen Anwälten hören. Das gilt übrigens auch für die Presse«, fügte er hinzu.

Nun drohte er also doch noch. Ein Punkt für uns.

Wir gingen.

»Übrigens«, sagte ich und drehte mich an der Türe nochmals um. »Pfeifen Sie Ihre Gorillas zurück. Sonst nimmt der schöne BMW noch ernsthaft Schaden.«

Auf der Rückfahrt nach Schwäbisch Hall machte Haag ein finsteres Gesicht.

»Was hast du?«, fragte ich. »Ist doch gut gelaufen.«

»Wenn du ab und zu deine Klappe halten würdest, wäre das sicher produktiver«, knurrte Haag.

»Wieso?«, wehrte ich mich. »Wir haben ihn aufgeschreckt.«

»Eben.«

»Jetzt wird er reagieren.«

»Fragt sich nur, wie. Ich habe kein gutes Gefühl.«

Den Eindruck konnte man tatsächlich bekommen, so unruhig, wie Haag auf dem Beifahrersitz hin- und herrutschte.

»Auf alle Fälle hast du jetzt eine Story«, sagte ich. »Der Gemeinderat.«

»Weiß nicht, ob das eine Geschichte ist.«

»Wieso nicht? Der Gemeinderat lässt sich von Deyhle sein Haus billig renovieren – ich nenne so etwas Korruption oder Bestechung oder Vorteilsnahme oder was auch immer. Ist zwar gang und gäbe in unserem Bananendeutschland, aber trotzdem nicht rechtens.«

»Kannst du nicht die Kurven etwas langsamer nehmen?«

»Kann ich schon. Will ich aber nicht. Wozu habe ich so ein flottes Auto? Da geht noch mehr, pass auf.«

Ich gab etwas Gas. Haag stöhnte.

»Also, was ist mit dem Gemeinderat?«

»Wenn du so fährst, kann ich nicht denken.«

Die reinste Erpressung. Ich gab nach und nahm Gas weg. Wir zockelten dahin wie beim Sonntagsausflug.

Haag holte tief Luft. Wollte er zu einer seiner gefürchteten langatmigen Erklärungen ansetzen? Oder war es nur ein Stoßseufzer der Erleichterung?

»Im Prinzip hast du ja recht«, sagte er schließlich. »Nur: Was ist denn schon passiert?«

»Deyhle kauft sich seine Gefolgsleute.«

»Hat er ihn tatsächlich gekauft?«

»Indirekt schon.«

»Und genau das ist der springende Punkt. Klar, die Geschichte ist nicht ganz astrein. Aber niemand kann dem Gemeinderat wirklich einen Strick daraus drehen, dass er den billigeren Handwerker nimmt.«

»Die feine Art der Bestechung. Und du ziehst den Schwanz ein.«

»Ach Gott, da laufen noch ganz andere Sachen.«

»Aha. Und warum liest man davon nichts in deinem Blatt?«

»Weil ich's nicht beweisen kann. Noch nicht.«

»Für einen investigativen Reporter bist du nicht skrupellos genug.«

»Mag sein.«

»Ein Stich ins Wespennest, und was glaubst du, was sich dann tut.«

»Ich halte nichts davon, Gerüchte in dic Welt zu setzen, wenn ich nicht wirklich stichhaltige Beweise habe. Damit kannst du Existenzen zerstören.«

»Beim Gemeinderat hast du Beweise.«

»Ich werde mal mit ihm reden. Und ich wette, er wird sich demnächst aus gesundheitlichen Gründen aus dem Gemeinderat zurückziehen.«

»Das wiederum nenne ich Erpressung.«

»Ist es nicht. Ich sage ihm, was ich weiß und dass das bei einem Gemeinderat schon nicht ganz sauber ist. Bei einer Privatperson hingegen sieht die Sache anders aus.«

»Du hast etwas seltsame Auffassungen von politischer Hygiene.«

Zur Strafe nahm ich die letzte vernünftige Kurve vor Schwäbisch Hall mit kreischenden Reifen.

Haag war ganz blass.

Später marschierte ich zum Miedergeschäft von Renate Petzoldt. In der Auslage betrachtete ich die spitzenbesetzten Nichtigkeiten und dachte an Helena.

Frau Petzoldt sei nicht da, erklärte mir die Verkäuferin. Ich erfuhr, dass Renate Petzoldt einen Anruf erhalten und danach schnell das Geschäft verlassen habe.

»Wann war das?«, fragte ich.

Die Verkäuferin überlegte.

»Kurz vor zwölf muss das gewesen sein.«

Ungefähr zu dem Zeitpunkt, als wir Deyhle verlassen hatten.

Ich holte meinen Wagen aus dem Parkhaus und fuhr in den Hagenbacher Ring.

Ich klingelte lange, aber niemand öffnete. Auch Renate Petzoldts Corsa war nirgends zu sehen.

So ein Schloss zu knacken, ist keine große Kunst, wenn man das richtige Werkzeug dabeihat. Ich sollte Renate Petzoldt mal eine Nachhilfestunde in Einbruchsicherung geben, schon aus beruflichem Eigennutz.

Aber dazu war es wohl zu spät. Es sah nach einem ziemlich überstürzten Aufbruch aus. Die Türen und Schubladen des Kleiderschrankes standen offen. Ich wusste ja nicht, wie umfangreich Renate Petzoldts Garderobe gewesen war, aber ein bisschen mehr als das, was noch herumlag, dürfte es schon gewesen sein.

Der Vogel war ausgeflogen. Wer hatte ihn wohl aufgescheucht?

Ich konnte in aller Ruhe die Wohnung durchsuchen. Was schnell geschehen war. Renate Petzoldt hatte alles mitgenommen, was vielleicht interessant hätte sein können, ihr Notebook ebenso wie die Kontoauszüge. Ein paar Ordner betrafen ihr Miedergeschäft. Sie gaben nichts her, außer interessante Einblicke in Gewinnspannen der Textilbranche.

Renate Petzoldt hatte schnell, aber gründlich sauber gemacht.

Wer war da geflohen? Eine Zeugin für Deyhles krumme Geschäfte? Eine skrupellose Frau, die hoch gepokert hatte und jetzt rettete, was noch zu retten war? Eine Mörderin?

Ich war nicht mehr davon überzeugt, dass die schöne Renate Fritz Huber vom Scheunenboden gestoßen hatte. Es wäre doch gar zu auffällig gewesen, wenn Huber zu Tode kommt, kaum dass die Lebensversicherung auf sie überschrieben ist. Dazu war die Frau viel zu berechnend.

Ich hatte mich da in etwas verrannt. Ich hatte mich blenden lassen von dieser Frau, nicht viel anders als Fritz Huber.

Doch wenn sie es nicht gewesen war – was war dann geschehen?

Ich hatte Helena zu einem letzten Abendessen eingeladen. Sie wollte erst nicht, aber ich bestand darauf. So sollten wir nicht auseinandergehen. Von wegen Freunde bleiben und so. Das war natürlich ein Schmarrn. Aber ich hatte den komischen Tick, dass ich meinen Verflossenen noch unbeschwert in die Augen schauen wollte, wenn man sich mal wieder begegnete. Purer Selbsterhaltungstrieb, da man sich in einer Stadt wie Schwäbisch Hall ja andauernd über den Weg läuft.

Ich hatte für uns einen Tisch im »Landgasthof Pflug« reserviert. Noch einmal so richtig in die Vollen zum Abschied.

Helena stocherte in einem Salat, ich ließ mir die gebratene Gänseleber an wilden Apfelbeeren auf der Zunge zergehen. Helena zerfledderte lustlos Kräuterflädle mit Spinat, ich delektierte mich an einem Frischlingsrücken im Lardomantel auf Rahmwirsing. Helena verzichtete auf ein Dessert, der Kalorien wegen, ich löffelte genüsslich ein Champagner-Vanillesabayon mit gebrannter Sterniscreme.

Das war's. Warum hatte ich das nicht eher gemerkt? Mit einer Frau, die das Essen nicht genießt, kann man nicht glücklich werden.

Außerdem war sie viel zu jung für mich. Oder ich zu alt für sie. Eine deprimierende Erkenntnis. Aber irgendwann musste ich mich der Tatsache stellen, dass ich mit der nächsten Generation nicht mehr kompatibel war. Wenigstens nicht beziehungsmäßig.

»Du hast ja nie Zeit für mich«, klagte Helena.

»Ich habe nun mal einen Job, der keine regelmäßigen Bürozeiten kennt«, sagte ich.

»Du hast nur deshalb keine Zeit, weil du hinter irgendwelchen eingebildeten Verbrechern herrennst. Warum machst du das eigentlich?«

Das war jetzt aber eine blöde Frage. Warum machte ich das eigentlich? War ich nun Versicherungsvertreter oder Privatdetektiv?

»Hast du überhaupt etwas erreicht?«

Hatte ich was erreicht?

Die Frau ging mir auf die Nerven. Sie stellte einfach die falschen Fragen. Ich mag nur Fragen, auf die ich auch eine Antwort weiß.

Darauf musste ich einen Grappa trinken. Einen aus den edlen Flaschen.

Wir verabschiedeten uns mit züchtigen Küsschen. Wir bleiben Freunde, klar.

Es war seit Längerem abzusehen gewesen. Und wir passten ja auch nicht zueinander. Und wir hatten uns nichts zu sagen. Und sie wusste nicht, wer Miles Davis war. Und von Wein hatte sie auch keine Ahnung.

Und trotzdem tat es weh. Irgendwie.

Freitag

Ich musste Gewissheit haben. Mit Sonjas altem Golf machten wir uns wieder einmal auf nach Hohenberg. Sonja fuhr. Sie war eine vorsichtige Fahrerin, die penibel alle Tempolimits einhielt und jede Kurve behutsam anging. Man konnte verrückt werden dabei.

Sonja sollte die Hubers ablenken, ich wollte mich derweil in der Scheune umsehen. Sonja würde die Hubers mit allerlei Formalitäten bombardieren und so lange vollquatschen, bis ich auftauchte.

Sie setzte mich am Ortseingang ab, und ich marschierte zu Fuß weiter. Waren ja nur hundert Meter oder so.

Es nieselte und war empfindlich kalt geworden. Wenn es weiter so anzog, gab das heute Nacht die erste Rutschpartie dieses Herbstes.

Der leichte Regen störte mich nicht. Ich war darauf vorbereitet, mir in einer staubigen Scheune mit den Spinnen einen heldenhaften Kampf zu liefern, und trug Wanderstiefel, eine feste braune Lederhose und eine ebensolche Jacke. Die Ledersachen hatten schon einiges mitgemacht und ich mit ihnen.

Ich fand den Lichtschalter auf Anhieb. Was die paar Funzeln verbreiteten, konnte man freilich nicht als Licht bezeichnen. Es war eher eine aufgehellte Dunkelheit.

Aber ich war gewappnet, in jeder Beziehung. Meine Stablampe strahlte hell wie die Sonne, schließlich wurde diese Marke auch von den Helden des New York Fire Departments benutzt, wie man in der Werbung erfuhr.

Ich strahlte umher. Es sah aus, wie es in einer Scheune eben so aussieht. Viel Gerümpel allenthalben. Einige Strohballen lagen bereit. An einer Wand hing der ausgestopfte Kopf eines Wildschweins. Da hatte ein Huber den Anblick des Jagdglücks in der guten Stube nicht mehr ausgehalten. Aber zum Wegwerfen war das Ding auch zu schade, hatte ja mal Geld gekostet.

Wenn du reden könntest, dachte ich. Die Wildsau glotzte mich nur verstaubt an. Es war eindeutig eine Hohenloher Sau, so verschmitzt, wie die guckte.

Eine Holzleiter führte direkt auf den Heuboden hinauf. Vier Meter, schätzte ich. Die Leiter war ein Museumsstück. Aber wenn sie die Hubers ausgehalten hatte, hielt sie mich auch aus.

Das Licht meiner Lampe reichte bis hinauf zu der Luke, aus der Fritz Huber gestürzt war. Ich steckte sie in die Tasche, um beide Hände frei zu haben.

Die Leiter machte keinen sehr vertrauenerweckenden Eindruck und schwankte heftig, als ich Stufe um Stufe langsam nach oben kletterte. Es gibt angenehmere Beschäftigungen.

Oben schaltete ich meine Lampe wieder ein und schaute mich um.

Auf allen Seiten der Luke türmte sich das lose Heu. Fritz Huber war in der Hinsicht altmodisch gewesen. Er hatte nicht alles Heu siliert oder zu Ballen gepresst, wie das heutzutage gemacht wird, sondern einen Teil nach alter Väter Sitte gehäckselt und auf den Heuboden geblasen.

Wäre ich eine Kuh gewesen, wäre mir das Wasser im Munde zusammengelaufen. Der Heuduft weckte in mir stattdessen andere Erinnerungen. Durchaus erfreuliche. Aber ein Schäferstündchen im Heu ist ab einem gewissen Lebensalter nur im Film wirklich schön. In Wahrheit juckt und kratzt es erbärmlich, und ein Niesanfall im falschen Moment ist nicht unbedingt stimmungsfördernd. Für zivilisationsmüde Städter war ein Heuhotel vielleicht der große Renner, ich kann mir was Bequemeres vorstellen.

Hubers Scheune war ohnehin nicht der Platz für Heuromantik, sondern möglicherweise der Schauplatz eines Mordes.

Ich ersparte es mir, nach irgendwelchen Indizien zu suchen. Wenn die Spurensicherer die Nadel im Heuhaufen nicht gefunden hatten, würde ich sie auch nicht finden. Die Lösung lag woanders.

Was gab es hier oben für Fritz Huber zu tun?

Nichts. Außer Heu hinunterwerfen.

Er hätte vielleicht auch das morsche Geländer ausbessern können, das die Luke auf drei Seiten umgab. Aber dann hätte man Werkzeug finden müssen.

Also hatte er Heu hinuntergeworfen.

Ich leuchtete den Boden ab. Es gab nichts, worüber man hätte stolpern können.

Wie war es dann passiert? Hatte er sich an das marode Geländer gelehnt? Kaum vorstellbar. Ein Bauer kennt die Schwachstellen auf seinem Hof genau und weiß, was schon längst repariert gehört hätte. Dem Geländer sah man das Erbstück aus vergangenen Generationen an.

Wie dann?

Doch ein Selbstmord? Ausgeschlossen, darauf hätte ich meinen Porsche verwettet. Selbst wenn Huber Zweifel gekommen waren, ob es richtig war, was er da ausgeheckt hatte – er hätte sich nicht aus Gram den Heuboden hinabgestürzt.

Wie dann?

Ich nahm die Gabel, die dort steckte, und schaufelte sie voll Heu. Bauer Dillinger bei der Arbeit. Vorsichtig bewegte ich mich rückwärts zur Luke hin.

Eine Möglichkeit. Huber ist in Gedanken, merkt nicht, dass er schon an der Luke ist, und macht einen Schritt zu viel.

Ich vergegenwärtigte mir, wie ich ihn gefunden hatte. Er hatte auf dem Rücken gelegen. Das musste freilich nicht bedeuten, dass er auch rückwärts gestürzt war. Ich hatte keine Ahnung, welche Drehungen ein Körper aus dieser Höhe vollführt.

Wenn es so gewesen war, wie ich mir das jetzt ausmalte, dann hätte Huber mitsamt seiner Gabel voll Heu hinabstürzen müssen. Aber auf dem Scheunenboden war keine Gabel gewesen. Man hatte sie oben auf dem Heuboden gefunden.

Kein Unfall.

Ich dachte nach.

Dann wählte ich Kellers Nummer. Glücklicherweise war er gleich selbst dran. Berger um etwas bitten zu müssen, das hätte mir gerade noch gefehlt.

»Die Fingerabdrücke auf der Heugabel«, sagte ich.

»Was ist mit denen?«

»Wo genau waren die?«

»Warum willst du das wissen?«, fragte Keller.

»Ich habe so eine Idee. Ich glaube, ich weiß, wie es passiert ist.«

»Du gibst immer noch nicht auf, was?«

»Nie.«

»Was willst du eigentlich beweisen?«

»Was ist nun mit den Fingerabdrücken? Überlagern die Fingerabdrücke des jungen Huber die des alten?«

Keller brummte etwas, was ich nicht verstand, das aber nicht sehr freundlich klang. Ich hörte Papier rascheln.

»Sowohl als auch«, sagte Keller.

»Was soll das heißen?«

»Teilweise sind die Fingerabdrücke des Jungen über denen des Alten, teilweise die des Alten über denen des Jungen. Zufrieden?«

»Nein.«

»War wohl nichts mit deiner Idee.«

»Wie sieht es vorne aus?«

»Was verstehst du unter vorne?«

»Kannst du dir eine Heugabel vorstellen?«

»Das kann ich durchaus. Oder hältst du mich für blöd?«

»Das ist jetzt nicht das Thema. Du hast die drei Zinken.«

»So weit kann ich folgen.«

»Die Zinken laufen so irgendwie zusammen in einer Art Rohr, in dem der Stiel befestigt ist.«

»Deine Beschreibung lässt eine gewisse sprachliche Eleganz vermissen, aber ich kann mir immer noch vorstellen, was du meinst.«

»Und genau hier müssen Fingerabdrücke sein.«

Keller enthielt sich eines Kommentars, ich hörte wieder, wie er in den Unterlagen blätterte.

»Du hast recht«, meldete er sich dann.

»Fingerabdrücke vom Jungen?«, fragte ich.

»Exakt«, erwiderte Keller. »Klärst du mich bitte auf, warum das bedeutsam ist?«

Aber ich drückte ihn weg. Ich meinte, ihn noch fluchen zu hören, doch das konnte ja wohl nicht sein.

Ich betrachtete die Gabel in meiner Hand und lächelte. Dann steckte ich sie wieder ins Heu und machte mich zum Abstieg bereit.

Wenn man so eine Leiter von oben betrachtet, ist das ein ganz schön langes Ding. Und wenn man vom Aufstieg weiß, wie dieses Ding wackelt und knarzt, muss man erst einmal tief Luft holen, ehe man sich ihm anvertraut.

Ich hatte erst drei Mal Luft geholt, als die Scheunentür aufgestoßen wurde und Gerd Huber hereinstürmte.

»Was machst du in meiner Scheune?«, brüllte er.

Aha, wir waren mittlerweile auch beim Du angelangt.

Hinter ihm kam Sonja und schaute betreten. Sie hatte ihn nicht aufhalten können.

Gerd Huber kletterte die Leiter in einer Geschwindigkeit hinauf, dass mir angst und bange wurde. Er schnaufte nicht einmal besonders, als er vor mir stand.

»Was machst du hier?«, fragte er erneut. Er brüllte

nicht mehr, aber es war herauszuhören, dass er nicht sonderlich guter Laune war. Und dazu hatte er auch allen Grund.

»Ganz gemütlich hier im Heu«, sagte ich. »Schon mal überlegt, ein Heuhotel aufzumachen?«

Er grunzte wie ein Stier, der sich einen Angriff überlegt. Mein Vorschlag kam offenbar nicht gut an. Ich musste ihm das noch etwas detaillierter ausmalen.

»Ist doch schön romantisch hier im Heu. Und ein bisschen gruselig. Man weiß ja nie, wann man durch die Luke fällt.«

Sein Blick hatte etwas Lauerndes. Der Stier scharrte mit den Hufen.

»Oder gestoßen wird.«

Der Stier ging zum Angriff über.

Langsam kam Gerd Huber auf mich zu. Die Hände hatte er zu Fäusten geballt. Es waren große, harte Fäuste. Die Fäuste eines großen, schweren Mannes, der immer näher kam. Die Fäuste sahen so aus, als würden sie sich gleich mit einigen meiner Körperteile näher beschäftigen. Interessant, solche Fäuste.

Ich brachte etwas Abstand zwischen mich und die Luke.

»Das war die Situation an jenem Dienstagmorgen, nicht wahr? Wo ich jetzt stehe, stand Ihr Vater.«

Ich packte die Heugabel. Nicht zur Demonstration, sondern um mir Gerd Huber vom Leibe halten zu können, wenn es erforderlich war. Ich hielt die Gabel ganz locker. Nach unten gerichtet, nicht auf ihn. Ich wollte ihn zwar reizen, aber nicht mit der Gabel.

»Sie waren stinksauer«, fuhr ich fort. »Und Sie hatten auch allen Grund dazu.«

Gerd Huber sagte nichts. Aber er hob die Fäuste.

»Ihr Vater hatte eine Geliebte, das wussten Sie ja seit Längerem. Er hatte ihr viel Geld gegeben, er hatte ihr ein Geschäft finanziert, und dafür hatte er Grundstücke verkauft.«

Die Fäuste kamen näher.

»Und er wollte sich scheiden lassen, er wollte seine Lebensversicherung auf Renate Petzoldt umschreiben, er wollte ihr testamentarisch alles vermachen bis auf den Pflichtteil für Sie und Ihre Mutter. Und der wäre nicht mehr sehr üppig gewesen, wenn er weiter Land verkauft hätte. Seit wann wussten Sie das?«

»Er hat es uns am Montag gesagt«, sagte Gerd Huber.

»Wann am Montag?«, fragte ich.

»Am Abend«, sagte er.

»Wissen Sie, wo er tagsüber gewesen ist?«

Er sah mich erstaunt an: »In seinem Zimmer oben. Fast den ganzen Tag.«

Dann hatte er wohl an seinem alten Schreibtisch gesessen, vielleicht Papiere geordnet und gegrübelt, ob er wirklich das Richtige tat. Alles war schon vorbereitet gewesen für den großen Schritt, und im letzten Moment hatte er sich eine Auszeit genommen und noch einmal nachgedacht.

»Was genau hat er Ihnen gesagt?«, fragte ich.

»Das wissen Sie doch. Dass er die Scheidung will und das mit dem Testament und der Lebensversicherung«, antwortet er.

»Worauf es einen Riesenkrach gab. So riesig, dass es sogar die Nachbarn mitbekommen haben.«

»Der war doch total übergeschnappt! Der wollte uns fertigmachen wegen dieser Schlampe!«

»Aber Sie konnten ihm seine Pläne nicht ausreden, nicht wahr?«

Gerd Huber antwortete nicht. Das war Antwort genug.

»Sie wussten, dass die Änderung des Testaments und der Lebensversicherung noch nicht erfolgt waren?«

Abermals Schweigen. Aber Gerd Hubers Gesicht nahm langsam eine rote Farbe an, das konnte ich selbst im Halbdunkel der Scheunenbeleuchtung erkennen. Da kochte ein gewaltiger Zorn hoch.

»Ihre letzte Chance war also der Dienstagmorgen, bevor ich kam. Die letzte Gelegenheit, ihn umzustimmen. Oder ihn umzubringen.«

Gerd Huber machte einen raschen Schritt nach vorne. Ich hob die Gabel an. Sie zeigte auf seinen Bauch. Mit einem schnellen Griff packte er sie an den Zinken. Ich ließ nicht los.

»So war's, nicht wahr? Ihr Vater ließ sich nicht umstimmen. Und Sie hatten eine Heidenwut im Bauch.«

Er hatte Bärenkräfte und drängte mich langsam zur Luke.

»Und dann war es ganz einfach. Ein kräftiger Schubs, und er lag unten.«

Gerd Huber drückte stärker. Ich ließ los und warf mich auf die Seite ins Heu.

Blitzschnell drehte er die Gabel um und hob sie mit beiden Händen hoch über seinen Kopf. Ich sah drei Zinken auf mich zukommen und rollte mich auf die Seite. Gerd Huber setzte nach. Jetzt musste mir schnell etwas einfallen.

»Lass das, Junge«, ertönte eine Stimme von unten. Norbert Czichon. Eine laute und sonore Stimme und eine erstaunliche Mischung aus Schärfe und Gelassenheit.

Gerd Huber war einen Moment irritiert. Ich rappelte mich hoch und rannte auf die andere Seite der Luke. Jetzt konnten wir von mir aus ja Fangen rund um die Luke spielen.

»Es hat keinen Sinn, Gerd«, sagte Norbert Czichon. In aller Gemütsruhe kam er die Leiter hoch.

»Du gewinnst nichts. Du machst es nur noch schlimmer.«

Gerd Huber stand da wie ein Standbild seiner selbst, die Heugabel immer noch über seinem Kopf erhoben, bereit zum Zustechen.

Norbert Czichon war jetzt auf dem Heuboden angelangt und ging vorsichtig auf Huber zu.

»Lass es gut sein, Sohn.«

Und tatsächlich ließ Gerd Huber die Gabel sinken und warf sie ins Heu. Ich sah das mit einer gewissen Erleichterung.

Norbert Czichon ging auf Huber zu und nahm ihn einfach in die Arme. Und Gerd ließ es geschehen, wenngleich er stocksteif dastand.

»Ich war so wütend auf ihn«, presste Gerd heraus. »Er hat mich mein ganzes Leben lang behandelt wie den letzten Dreck. Er war nie zufrieden mit mir. Er hat mir gezeigt, dass er mich verachtet. Ich wusste nicht, was los ist. Ich hatte immer nur das Gefühl, dass ich falsch bin. Ich habe ihn gehasst.«

Czichon machte es genau richtig. Er hielt ihn weiterhin umfasst, aber rührte sich nicht und sagte nichts. Auch ich hatte ausnahmsweise mal das Gefühl, dass es besser war, wenn ich den Mund hielt.

»Und dann kam die Wahrheit heraus. Jetzt wusste ich, warum er sich so benommen hatte. Aber was hatte das mit mir zu tun? War ich etwa schuld daran?«

Gerd löste sich aus der Umarmung und schaute Czichon an.

»Ich wollte mit ihm reden. Ich wollte ihn überreden, dass es auch andere Lösungen gibt. Aber er wollte nichts hören. Er wollte uns nur vernichten. Ich habe das nicht gewollt.«

Und ganz leise dann: »Aber es geschieht ihm trotzdem recht.«

»Sag jetzt nichts mehr, Junge«, erwiderte Czichon ebenso leise. Und laut: »Ich kann bezeugen, dass es ein Unfall war.«

Ich sah ihn erstaunt an.

»Sie waren *doch* hier?«

»Notfalls ja«, murmelte er so leise, dass es kaum zu hören war.

Er schaute mich an und lächelte. Er war nicht hier gewesen. Er wollte nur retten, was noch zu retten war. Und war bereit, für seinen Sohn einen Meineid zu schwören.

»Nun kommt mal alle schön langsam herunter«, ertönte eine Stimme von unten. Unverkennbar sächsisch.

Ich schaute hinab. Da stand Berger und zielte mit einer Pistole auf uns. Keller neben ihm schüttelte nur den Kopf und drückte Bergers Hand nach unten.

»Aber mit erhobenen Händen runterkommen!«, schrie Berger. Witzbold!

Erst ging Norbert Czichon, Gerd Huber folgte ihm. Ich wartete, bis er unten war. Nicht dass er mich noch an den Beinen packte. Dann kam ich hinterher.

Berger machte es martialisch. Er legte Gerd Huber Handschellen an und sagte: »Sie sind vorläufig festgenommen wegen Mordes zum Nachteil von Fritz Huber.«

»Es war kein Mord!«, fuhr Norbert Czichon ihn an.

»Das muss das Gericht entscheiden«, mischte Keller sich ein. »Gehen wir.«

Im Hinausgehen nickte er mir zu. Sollte ich das als so etwas wie Anerkennung interpretieren? Berger ignorierte mich natürlich.

»Gut gemacht, Berger«, rief ich ihm hinterher. »Das Anlegen von Handschellen beherrschen Sie. Große Klasse!«

Berger drehte sich wütend um. Aber ihm fiel nichts ein. Keller zog ihn mit sich.

Norbert Czichon schaute Gerd Huber nach, wie er abgeführt wurde. In seinem Blick lag etwas wie Zärtlichkeit. Gerd Huber drehte sich noch einmal um, bevor sie ihn in den Wagen verfrachteten. Er schaute Norbert Czichon an, nicht seine Mutter. Vater und Sohn hatten einander gefunden.

»Ich habe Keller angerufen«, sagte Sonja, die sich zwischendurch etwas im Hintergrund gehalten hatte. »Es sah etwas bedrohlich aus da oben.«

»Ach was«, winkte ich ab. »Ich hatte alles im Griff.«

Sah ja niemand, dass ich weiche Knie hatte.

Sonja grinste mich spöttisch an. Sie kannte mich viel zu gut.

Norbert Czichon war heute der große Seelentröster. Er hielt Anita Huber im Arm, die vor sich hinweinte.

»Es ist alles meine Schuld«, schluchzte sie. »Ich hätte ihm sagen müssen, dass ich schwanger war. Und Gerd muss es jetzt büßen.«

Keiner sagte etwas darauf. Niemand konnte ihr widersprechen, da es doch die Wahrheit war. Niemand mochte ihr zustimmen. Nicht in diesem Moment. Die Auseinandersetzung mit sich selbst würde noch früh genug kommen.

Czichon wandte sich zu mir.

»Wenn Sie nicht so viel Staub aufgewirbelt hätten, wäre Gerd jetzt nicht auf dem Weg ins Gefängnis«, sagte er bitter. »Warum, zum Teufel, haben Sie sich einmischen müssen?«

»Vielleicht wegen der Gerechtigkeit?«, schlug ich vor.

»Gerechtigkeit!« Norbert Czichon lachte. »Ein großes Wort. Wer will schon entscheiden, was gerecht ist! Ist es gerecht, dass Fritz Huber den Gerd wie den letzten Hund behandelt hat, nur weil er geahnt hat, dass er nicht sein Sohn ist? Ist es gerecht, dass er seine Familie mit fast nichts stehen lassen wollte? Und sich davonmachen wollte mit einer Frau, die garantiert nur hinter seinem Geld her war? Vielleicht ist es für Fritz sogar gut, dass er tot ist. Das hat ihm sicher eine große Enttäuschung erspart.«

»Wiegt das den Tod eines Menschen auf?«, konterte ich.

Norbert Czichon schwieg. Er hielt noch immer Anita Huber im Arm.

Auf der Rückfahrt nach Schwäbisch Hall redeten wir nicht viel. Jeder hing seinen Gedanken nach.

»Du hast den Fall geklärt«, sagte Sonja einmal. »Eigentlich kannst du zufrieden sein.«

Ich grunzte nur vor mich hin.

Das Büro schlossen wir für den Rest des Tages. Ich brauchte Einsamkeit und Ablenkung.

In der Jagdsaison gibt es auf dem Haller Wochenmarkt Wild aus den heimischen Wäldern. Ich hatte schon am Mittwoch einen Rehrücken gekauft und löste nun das Fleisch von den Knochen.

Ich säuberte es sorgfältig, briet die Parüren mit den kleingehackten Knochen ohne Fett an, gab Wurzelgemüse und Wacholderbeeren dazu, löschte gemäß den Regeln dreimal mit Weißwein ab, füllte mit Wasser auf und ließ den Fond bis zum Abend köcheln. Was dann noch übrig war, goss ich in eine Sauteuse ab und reduzierte weiter.

Ich dachte an Renate Petzoldt. Sie hatte einen Fisch an der Angel gehabt und mit ihm gespielt, bevor sie ihn an Land zog. Sie hatte die Ereignisse nicht ausgelöst, aber ihnen die entscheidende Wendung gegeben.

Der Teig für die Spätzle war schon vorbereitet, das Wasser kochte.

Ich hatte mich beim Kochen mit etwas Prosecco gestärkt. Komischerweise war die Flasche bereits fast leer.

Allenfalls moralisch war sie zu belangen, doch das war keine strafrechtlich relevante Dimension. Sie hatte die Situation skrupellos ausgenutzt. Aber zu dieser Situation gehörten zwei. War demnach Fritz Huber selber schuld an seinem Tod?

Ich würzte die ausgelösten Rücken und Filets, briet sie kurz von allen Seiten scharf an und stellte sie in den Ofen. Die Rücken waren nicht allzu dick. Zehn Minuten müssten reichen, schätzte ich, plus fünf Minuten Ruhezeit.

Anita Huber. Vor Angst, mit einem unehelichen Kind sitzen zu bleiben, bringt sie einem Heiratskandidaten ein Kuckucksei mit ins Nest. War sie so viel besser als Renate Petzoldt?

Im Bratensatz röstete ich ein Mirepoix von Karotten, Sellerie und Schalotten an, löschte mit Cognac ab, gab Weißwein hinzu, ließ ihn einkochen, füllte mit Portwein und dem Wildfond auf, würzte mit ein paar Löffeln Preiselbeeren und ließ die Sauce leise köcheln.

Jetzt kamen die Spätzle an die Reihe. Handgeschabt natürlich, alles andere ist eine Beleidigung. Das Schaben ist ein Kinderspiel, nur der Abwasch hinterher ist eine Sauerei.

Derweil behielt ich die Sauce im Auge und schenkte Portwein nach, wenn zu starke Reduktion drohte. Einige Löffel Crème fraîche. Abschmecken. Noch eine Prise Salz und etwas Cayennepfeffer. Ein Spritzer Zitronensaft zur Erfrischung. Genial.

Es war ein Festmahl. Der Rehrücken genau auf dem Punkt, innen noch rosa und saftig. Dazu hatte ich einen Nebbiolo von Matteo Correggia aufgemacht.

Helena. War doch von Anfang an klar, dass das nichts werden konnte. Eine einsame junge Frau sucht Anschluss, und ich hatte das ausgenutzt. Aber ich hinterließ nur ein gebrochenes Herz. Nur?

Als die Flasche leer war, wanderte ich mit dem letzten Glas durch meine Wohnung und blieb vor dem Wandspiegel stehen.

Ich sah einen wohlproportionierten Mann, den ich ganz gut kannte. Bildete ich mir wenigstens ein. Er war mir eigentlich sympathisch. So auf den ersten Blick. Ein Mann im besten Alter. Keine Model-Figur, kein Model-Gesicht, aber trotzdem ansehnlich. Zum Friseur sollte ich auch mal wieder.

Gestatten, Dieter Dillinger. Versicherungsvertreter und

nebenbei Privatdetektiv. In beidem so erfolgreich, dass es wehtat.

Ich prostete mir zu.

Wenigstens gab es einen, der zurückprostete.

Volker Klüpfel, Michael Kobr

Milchgeld

Kluftingers großer Fall. 320 Seiten. Piper Taschenbuch

Ein Mord in Kommissar Kluftingers beschaulichem Allgäuer Heimatort Altusried – jäh verdirbt diese Nachricht sein gemütliches Kässpatzen-Essen. Ein Lebensmittel-Chemiker des örtlichen Milchwerks ist stranguliert worden. Mit eigenwilligen Ermittlungsmethoden riskiert der liebenswert-kantige Kommissar einen Blick hinter die Fassade der Allgäuer Postkartenidylle – und entdeckt einen scheinbar vergessenen Verrat, dunkle Machenschaften und einen handfesten Skandal.

»›Milchgeld‹ ist ein Volltreffer, weil er Mentalität in Reinform verkörpert.«
Süddeutsche Zeitung

05/1899/03/L

Volker Klüpfel, Michael Kobr

Erntedank

Kluftingers zweiter Fall. 384 Seiten. Piper Taschenbuch

Der Allgäuer Kriminalkommissar Kluftinger traut seinen Augen nicht: Auf der Brust eines toten Mannes in einem Wald bei Kempten liegt, sorgfältig drapiert, eine tote Krähe. Im Lauf der Ermittlungen taucht der Kommissar immer tiefer in die mystische Vergangenheit des Allgäus ein, und es beginnt ein Katz-und-Maus-Spiel mit dem Mörder, bei dem die Zeit gegen ihn arbeitet. Denn alle Zeichen sprechen dafür, dass das Morden weitergeht …
Mit eigenwilligen Ermittlungsmethoden riskiert der liebenswert-kantige Kommissar einen Blick hinter die Fassade der Allgäuer Postkartenidylle und deckt Abgründe auf.

»Kommissar Kluftinger hat in seinen Kniebundhosen durchaus das Zeug zum Columbo von Altusried. Und schon deshalb wird dieser Krimi auch über die Grenzen des Allgäus hinaus bekannt werden.«
Die Welt

05/2061/02/R

Gisa Pauly

Die Tote am Watt

Ein Sylt-Krimi. 352 Seiten.
Piper Taschenbuch

Ein furchtbarer Mord auf der Ferieninsel Sylt! Eine vermögende Witwe wird erdrosselt aufgefunden. Eigentlich müsste der Täter per DNA-Analyse schnell zu überführen sein, weshalb Hauptkommissar Erik Wolf auf eine rasche Lösung hofft. Mamma Carlotta jedoch, seine italienische Schwiegermutter, die derzeit zu Besuch ist, hält wenig von solchen modernen Ermittlungsmethoden. Viel lieber verlässt sie sich auf ihre weibliche Intuition. Mit italienischem Charme und zum Schreck der Beamten mischt sie sich in die Ermittlungen ein. Dabei bringt sie sich selbst in Lebensgefahr …
Atmosphärisch, spannend und humorvoll erzählt Gisa Pauly von Mamma Carlottas erstem Fall, bei dem das italienische Temperament mit dem norddeutschen mehr als einmal zusammenprallt.

05/2079/02/L

Heinrich Steinfest

Cheng

Sein erster Fall. 272 Seiten
Piper Taschenbuch

Markus Cheng ist Privatdetektiv in Wien. Seine Geschäfte gehen schlecht, und zudem wird auch noch sein letzter Klient mit einem Loch im Kopf aufgefunden. In diesem Loch steckt ein Zettel mit einer rätselhaften Botschaft: »Forget St. Kilda«. Und ob Cheng nun will oder nicht – damit steckt er mitten im Schlamassel. Denn eine unbekannte Dame erweist sich als eine knallharte Mord-Maschine mit System …
Heinrich Steinfests ausgesprochen skurriler Humor und einzigartiger Schreibstil machen diesen Krimi zu etwas ganz Besonderem.

»Amüsant, wie Heinrich Steinfest die Ikonen der Gesellschaft unverschlüsselt und unverklausuliert aufs Korn nimmt.«
Falter

05/2064/02/R

Heinrich Steinfest

Ein dickes Fell

Chengs dritter Fall. 608 Seiten. Piper Taschenbuch

Ein Kartäuser-Mönch soll im achtzehnten Jahrhundert die Rezeptur für ein geheimnisvolles Wunderwasser erfunden haben – 4711 Echt Kölnisch Wasser. Als in Wien ein kleines Rollfläschchen mit dem Destillat auftaucht, beginnt eine weltweite Jagd nach dem Flakon: Seinem Inhalt werden übersinnliche Kräfte nachgesagt, wer es trinkt, erreicht ewiges Leben. Ausgerechnet der norwegische Botschafter muß als erster sterben, und Cheng, der einarmige Detektiv, kehrt zurück nach Wien. Sein Hund Lauscher trägt mittlerweile Höschen, hat sich aber trotz Altersinkontinenz ein dickes Fell bewahrt. Und das braucht auch Cheng für seinen dritten Fall in Heinrich Steinfests wunderbar hintergründigem Krimi.

»Steinfest unterhält nicht nur, er öffnet einem buchstäblich die Augen für – ein großes Wort – den Reichtum und die Vielfalt der Schöpfung.«

Denis Scheck in der ARD

05/2128/02/L

Heinrich Steinfest

Tortengräber

Ein rabenschwarzer Roman. 288 Seiten. Piper Taschenbuch

Klaus Vavras tägliche Freuden sind es, Croissants zu essen und Frauen am Telefon anzuschweigen. Seine beiden Gewohnheiten bringen ihn in ernste Gefahr: Vavra kann es nämlich nicht unterlassen, die auf einem Geldschein – den er natürlich beim Croissant-Kauf bekommen hat – gekritzelte Nummer zu wählen und wie gewohnt zu schweigen. Wenige Minuten später stürmt die Polizei seine Wohnung. Und damit beginnt eine ebenso mord- wie wendungsreiche und hoch komische Rallye quer durch Wien.

»Heinrich Steinfest verfügt über ein schamlos bloßlegendes Sprachbesteck.«

Der Standard

05/2136/02/R

Wolfgang Burger

Heidelberger Requiem

Kriminalroman. 256 Seiten.
Piper Taschenbuch

Alexander Gerlach glaubt, mit seiner Beförderung zum Chef der Heidelberger Kriminalpolizei einen ruhigen Posten bekommen zu haben. Doch schon am ersten Tag wird die Leiche eines Chemiestudenten gefunden, der auf grausamste Weise ermordet wurde. Die Lösung des Falls scheint einfach, denn der junge Mann hatte synthetische Drogen hergestellt, um sein Budget aufzubessern. Doch bald kommt es zu einem weiteren Mord, der alle bisherigen Vermutungen über den Haufen wirft. Als Gerlach beginnt, das grausame Spiel zu durchschauen, ist es fast zu spät …

Ein spannender Roman mit einem ungewöhnlich sympathischen Helden, der sich nicht nur ständig in die falschen Frauen verliebt, sondern zudem als allein erziehender Vater von seinen beiden Töchtern in Atem gehalten wird.

05/2063/02/L

Wolfgang Burger

Heidelberger Wut

Kriminalroman. 272 Seiten.
Piper Taschenbuch

Als der eigenbrötlerische Seligmann von seiner Nachbarin als vermisst gemeldet wird, hat Kriminalrat Gerlach gerade ganz andere Sorgen, hat er doch einen noch immer unaufgeklärten Bankraub auf dem Tisch. Aber als man im Haus des Vermissten Blutspuren entdeckt, wird Gerlach hellhörig. Gibt es eine Verbindungslinie zu dem Bankraub? Und welche Rolle spielte Seligmann bei der brutalen Vergewaltigung einer Schülerin vor einigen Jahren? Kein Wunder, dass bei all diesen Geschehnissen auch Gerlachs Privatleben wieder einmal Kopf steht – gerade jetzt, wo die pubertierenden Zwillinge eigentlich seine Aufmerksamkeit dringend benötigen …

05/2062/02/R